國立西北大学
陝西教育廳
合辦暑期学校

講演集

（一）

王鳳儀題

暑期學校講演集序

傅銅

曩在英國牛津大學聞一分校校長之演說曰圓橋大學造人材牛津大學造運動所謂造運動者爲不能入大學者設法俾得略獲高等學識之謂此我暑期學之所以設也初以辦理較遲迪知未周頗慮聽講者寥寥有負諸講師不遠千里之雅意乃開校後報名者竟達七百餘人而在校外講演時聽衆之數又超過之秦省教育界之前途卽此可樂觀矣去夏中外學者在西安及三原所講多未記錄衆以爲憾此次遂有講演集之編今當第一册印就爰應編輯人晁君松亭之請勉贅數語以爲序

暑期學校講演集序

甲子夏西北大學校長傅佩青先生擬藉暑假期間延聘國內各大學教授來陝講演藉以宣傳文化輸入新識余甚韙其議遂合詞呈明
省長組織暑期學校招集各縣辦學士紳共同研習所聘講師類皆海內名流學術專家雖爲時僅一閱月而取精用宏所以餉我桑梓者爲效至鉅古人三餘讀書寸陰是競暑期學校之設其意亦猶是耶講事既蕆將以講案裒集成帙付之槧鉛謹綴數言以述緣起民國十三年九月陝西教育廳長馬凌甫識

總目錄

目錄

行爲論

行爲論

陳定謨講演　　晁蔭昌筆記

一　序言

我們既是一個人，對於人類當然需要有相當的了解。但是應該用什麼方法，才可以得到相當之了解呢？我想除研究人類之行爲外，別無更好的方法。考研究人類行爲之學科，約有三種：一生物學，二心理學，三社會學，生物學是把人當作有機體而研究之，心理學是研究個人的行爲，社會學是研究團體的行爲。這三種科學，到了十九世紀才算成立。查世界成立最早之學科爲天文學數學，其次爲物理學化學，更次爲生物學心理學，而社會學則最晚出。天文學成立於四千年以前，到三四百年以前，物理學化學亦次第成立，到了十九世紀始注意到人的方面，而生物學心理學社會學爲當時新舞台上之名角了，然天文學數學爲什麼成立獨早，而社會學成立特晚呢？蓋科學發達之順序，是先由簡單而漸進於複雜，由抽象而及於具體，譬如我們所研究天文之現象是很簡單的，其變遷故易於規定。又如數學所研究者，不過現象中之一小部分，如有一個橘子在此，你看見其色是黃

的，我聞着其味是香的，他拿着其體是軟的，在數學對於你我他所起之種種感覺現象都不過問，他所問者惟數而已。且數學亦無時間之關係，譬如西安城中百年後之人數雖不可知，然兩個西安人加上兩個西安人，一定等於四個西安人。而社會科學所研究者爲具體的，關係的方面非常之多，故其變化最難確定，所得之結果，自不能如數學之精密；誠以數學所研究者既是抽象，又極簡單。且其開頭即有一個大假定，—即立於一等於一之假定上—所以能得到很精密的結果。然科學非與科學之區別，在其研究之方法與態度不在其結果。總之，只要按科學的法則，做科學的工夫，去研究一種學問，便可稱之爲科學。

上說生物學，心理學，社會學，都是研究人類的科學，雖其研究之範圍大小有所不同，然按其發達進步之程序，確有同一之傾向—由形體而到生機—行爲—生物學所研究之對象有二：一植物，二動物，在昔之研究生物者，皆用解剖的方法，把生物之形態分析爲若干組，研究其內部之構造與外部之形狀。現在研究生物者，則重在研究其生理之機能，而觀察其行爲。蓋研究其構造，只得到生物破

碎支離的一組一組的細胞纖維骨骼器管等等，却不能得到一個全生物，并不能得到生物各組織間相互之作用與其特殊動作之關係。要是研究其機能與行爲，則可由其行爲或機能而知其構造。如由人之說話之行爲可以推知其聲帶之構造；然只知其構造則不能測知其行爲。如庖丁氏解牛未嘗見全牛，也就是因爲他把一個牛分成一組一組的筋肉細胞骨骼等等，而全牛便看不見了。因其如此，所以現在生物學家之趨勢，都是研究生物之機能，以救正前者之錯誤；此是生物學由研究其構造漸進而變爲研究其行爲之傾向也。

復次心理學，普通分爲三派：一構造派，二機能派，三行爲派，構造派心理學，把心理內容分析爲最簡單的元素，—以感覺感情爲最單純之原素—然後自簡至繁以論其造成種種複雜的作用；這與化學家把物質分析爲最簡單的元素一樣的辦法。但是心理不是如化學之簡單易分，且是一經分開便失其原來之性質與作用；因此機能派病其支離破碎把整個的心弄成齏粉，於是出而主張機能的心理學，以救其失，他們雖較構造派有很多的進步，然猶分心理之現象爲主觀客觀二事、

以爲必有主觀之我與客觀之物，起相互之作用，然後行爲才見於外。及最新派的行爲心理學出，深反對機能派主觀客觀之分—即心物之分—爲此派之主唱者爲美之華德生。他說人只有一個行爲，無有心物二者分據於人之內外。此機能派之錯誤也。而機能派又以意識作用爲重要的東西，其實意識也只是行爲中許多部分之一部分，也算不得是很重要的東西，故行爲派亦不特別注重意識。夫心理學既由構造的而漸變到行爲的，故其研究之方法亦呈顯著之不同。從前研究心理學者多是注重內省法，雖機能的心理學者亦承用之。然行爲派大爲反對，以用內省法所得心理之現象，實在是極靠不住。因爲行爲是一件事情，內省又是一件事情，譬如我想省察我看畫時所起之心理現象，可是當我省察時，已竟不是看畫時心理現象了；以看畫時是一種心理現象，而內省時又是一種心理現象，兩個現象不能同時並起，故內省時只能追憶所留之餘影，不能把握着當時所起之眞情形；故行爲派嘗比內省猶如拿着燈燭去找黑暗，燈燭到則黑暗去，終不能尋着黑暗也。故行爲派專用外觀法，觀察人之行爲，不用內省的方法，去研究不可靠之現象也。

這是心理學由搆造的研究漸次的發展到研究行爲之傾向也。

復次，社會學討論社會學最早之人，爲英之霍布斯，他說人起初只有利已心，一切行爲皆利已之行爲。到了十九世紀英人邊沁，亦以人之行爲都是以利已爲目的。然世之所以有至公無私，殺身成仁者，皆是入社會後薰習漸染陶冶改良之所致，見專利己不足以自利也，故反而爲利他之行爲，以爲自利之手段。是以此派可稱爲利已主義的一元論。現在社會學者，則大反對其說，以爲人之心理包有很多的本能，由這許多本能衝動合起來，才發生許多種類的行爲。若非然者，世上有許多行爲，就非利已主義者所能解釋。如父母之愛其子女，實非出於利己心也；如要說父母之愛子女，非愛其子女，以必愛其子女，他自已之心才能痛快，故愛子女仍可謂爲出於利己心；然必待愛其子女他自己之心才能痛快，是痛快在於利他，非利己也。且人心只能以其本有者漸次向外發展，決不能自無而生出有來；是以謂人人社會後受社會之薰陶，才改變其利已心而爲至公無我利他之行爲，是不可得有之事也。故現在社會學者，反對一元論而主張多元論。誠以一人之

行爲，是由多方面搆成的。譬如人在家庭，則自私自利；入到社會則大公無我；其所以生此變化者，以家庭之環境與他以發展利已心之可能性機會多，故其利已心發達，社會之環境與他以發展利他心之可能性機會多，故其利他心特別發達，總之，環境改變，他的行爲亦要隨之改變；如人同他的好朋友相處則便縱談無忌，要是朋友之婦人來了，那就立刻改變其態度，就莊重規矩起來，不似以前之放肆了。又如婦人未生子女以前，則如社會之花也似的嬌嫩矜貴，及其生了子女，則其態度就生變化；這都是人之行爲隨環境而生變化的證據。夫社會環境對於人之行爲之關係既如此其重要，故現在之行爲論派，就把社會看成是一個有實體的東西，他說；如我同我的朋友相處，則成一個社會，但是這時候非只我與朋友，而變成第三個東西了。這個東西便是實體的社會。在這個社會中，我非從前之我，朋友非另一個社會之朋友；我與朋友之個體既不可得，所可得到而可爲實在的，惟有這個整個之社會而已。在這個時候，你無論怎樣詳細的知道我與我的朋友以前的歷史，也不會知道我與朋友在這個社會所發生的行爲；以我在此時非單獨

存在之我，已成爲這個社會之我了；故你只知道我不能推知這個社會之我。譬如水是由輕養二氣化合而成的，然只研究輕養二氣，而不觀其化合之行爲，不能因此推出水之性質，因爲輕養二氣化合以後，便成爲非輕氣非養氣的第三種新東西，故不可推知也。又如拋物線，由人力，空氣阻力，地心吸力，三力合成；要是不知道這三力相互關係，則不能推知由人力之拋球而成拋物線；以拋物線是三力合成的又一種東西故也，由此則社會之爲一實體可知矣。因爲社會是一个實體，故在此社會中承認有另一人之實存的存在，爲不可思議。如我在此地想我的朋友，則此一想，便非只朋友一人，以一想到朋友，則不能不聯想到環繞其周圍之環境；若單單一箇朋友決不會存在的。如我必有非我之存在，爲我之環境，而我才會實現。我同非我就是有了社會；故離開社會不會有我；然則我者，不過是社會中之一員而已。我既是社會中之一員，故我處處受社會之影響而生變化。社會實改造個人之大勢力，處於什麼社會之中，便變成一個什麼社會的一個人。如古來不少的大人物，創造出驚天動地轟轟烈烈的大事業，看似能左右社會不受社會之

支配的；但是我們用分析的工夫，把他的事業化分開，將來自社會的東西，都歸還社會，恐怕所餘的實在無幾了。如孔子以前，若無堯舜禹湯文武周公之政治，教育，學術，思想，及其一切之制度，風俗，習慣，與當時社會之狀況，恐怕也不會有那樣之孔子吧！故一個人完全是社會的產兒，沒有單獨獨立脫離社會的人。社會與個人關係既如此之重大，故研究人類非先了解社會不行；然社會之表現惟在於行為，是以今之社會學者，趨重於研究行為。由此觀之，是社會學亦由利己主義之一元論漸漸變遷到主張多元的行為論的傾向了

英國哲學家斯賓塞的哲學，名為綜合哲學，包有生物學，心理學，社會學，倫理學，四種科學。他以他的第一原理—天演論—來解釋說明這四種科學，他以為無論生物心理社會都可以拿天演論來說明。他又把倫理放在社會科學家最高的階級，意謂生物都是向倫理方面演進的。教我看起來，倫理學也不過是社會學之一種，都是討論人類行為之科學；其不同處，惟在其方法與目的而已。社會學之目的在詳細描寫社會之狀況，說明所以搆成社會狀況之理由；而倫理之目的，則

在探討人類行爲根本的原理的標準以批評人類之行爲宜不宜之問題者也。但是我不承認世界上有一成不變之道德，不承認據一種道德律足判斷人類一切之行爲宜不宜之問題。誠以某種道德必以處於某社會環境一定條件之下而後有其意義與價值。環境變，則道德觀念必亦隨之而變。若仍以一成不變之道德來判斷環境已變之人類行爲，非愚便誣了。道德既是隨着社會走，是亦無特別置重之必要。又斯賓塞拿天演論來把那四種科學一以貫之。但每一個哲學家都有個人之偏見，所以我以個人之見解覺得拿着行爲來解釋人類界一切之現象尤爲親切著明而有味，故我以生物學心理學社會學爲立論之根據，而以行爲論會其通，而貫穿之。凡人類一切之現象，都拿着行爲來解釋，故吾此篇特名之曰行爲論

二 行爲

這篇題目既名爲行爲論，對於行爲二字自當首先說明。按人之行爲，本是自始至終，首尾一貫，不可分析的東西。今爲講論便利起見，把他分而爲二：一曰刺激，二曰反應。刺激亦教做環境。平常都以反應教做行爲，但是無刺激决不會

生反應，且不把刺激放在行爲之內，則行爲亦不能解說明白。如社會把一個犯罪的人，放在監牢裏，說是他自己的罪惡，應該受這樣的懲罰。而在監牢這個人，他以爲他完全受社會之逼迫，所以致有犯罪的行爲如他想他幼時未得受相當的教育，所以不能有相當才能與很好的品性，故不能在社會上謀相當好生活；或者他雖有很好才能，因爲社會上之組織不良，不允他有發展的機會；或者因爲社會之種種複雜的原因，致使他懷才莫展，致有越禮犯分的強盜行爲；罪由他受，而所以造成其罪惡者，他以爲都是社會的原因；故他在監牢裏，終日是怨天尤人而恨社會。教我們論起來，他們都錯了。因爲每一種行爲，都是社會與個人做成的，如何能教一方面負責任，向他方面推脫干淨呢？

現在研究法律學者，就不然，對於一個案子，必要把這案子的全內容澈底考查，所有可使此案子發生的刺激，亦必研究個明白。一人忽然有殺人之行爲，這決不是偶然的事情，必有所以使這個人生其殺機的刺激，與其所以促成其殺人的環境，假如一個人中途遇見他的仇人，要邀而殺之，這時候他雖無殺人之心，爲

自衛之必要，或竟把那個人殺死；審判這案子的人，決不能說旣有殺人之行爲，便定以殺人的死罪。又如說謊不道德之行爲也，然有人焉，持刀尋着殺他的兒子，問問他兒子在什麼地方，他說個謊，吾人亦不能說他是不道德的。由此觀之，討論行爲決不可離開刺激。(卽環境)故欲講明行爲不得不先論刺激。

激刺

由上文所說，可知刺激關於行爲之重要：要明白行爲的眞性質，不能不研究刺激之性質，而何爲刺激之問題生焉。所謂刺激者，卽是有機物和自然界或人事界接觸時，足以引起有機物之反應者，便敎做刺激。卽有機物自身所起之生理的變化，如飢渴等，亦可以敎做刺激。但是刺激對於各種有機體有種種不同之現象，而適當不適當之區別亦是其一。示盲者以美麗之畫，盲者不之覺也；對聾者奏鈞天之樂，聾者不之聞也。以彼等對此種刺激不適當故。適當不適當之原因，可分二種：

由於特別器官的構造及作用不同。眼之構造，專爲適應感光作用，故光線刺

到網膜上，則發生視覺作用。若音波刺到網膜上便不發生聽覺作用。耳之構造專爲適應感音作用，音波刺到內耳的鼓膜時，便發生聽覺作用。如嗅覺，觸覺，味覺，都必遇着適當刺激，才能發生適當的反應。

因動物種類之不同　同一刺激，同一強度，在此種動物可以引起強烈的反應，在另一種動物仍是寂然不動。毛嬙驪姬美人也，鳥見之高飛，魚見之下沉，麋鹿見之駃驟，人見之便心悅意爽，迷戀而不能去。如貓能感人所不能感的光犬能嗅人所不能嗅的氣；又有許多不能感色感聲的動物，無論什麼色什麼聲，他們都不會生什麼反應。這都是因動物種類之不同，所生的適當不適當之差異。

刺激之強度。刺激能發生效力與否，不惟與有機體的構造及動物的種類有關係，而與其強度亦有關係。通常刺激對於人有一定的強度閾，在其強度閾以內的刺激，能以引起人之反應；在強度閾之上或下就不能發生效力。例如光波的波長在七百六十μμ以上，或在四百五十μμ以下，便不能使人發生視覺。音波的振動數每秒在五十萬以上，或二十六次以下，也不能發生聽覺。其他觸覺嗅覺對於

太強或過弱的刺激，亦不能感觸。但是刺激的強度閾亦因人因時而有增高或降低之可能，其條件很多，並述其重要者於下。

習慣　吾人聽本國人演說，雖其聲音較低，距離較遠，亦可明白了解；要是聽外國人演說，其聲音與距離與前者相同，必致格格不入（指懂外國文的中國人）這是因爲中國語言慣習已久，外國語言生疏故也。沒有音樂素養的人，對於音樂之音節分別不很淸楚，要是個音樂家，他一聽便能剖析入微；這都是因爲習慣能把刺激的強度閾降低。即微弱的刺激亦能發生効力。然習慣有時亦有消極的作用，使較強的刺激在普通時可以引起人之反應作用，因習慣後，反能把刺激的功用消失。初入五都之市，覩光怪陸離之狀，處處足以引其注意；迨相習已久，幾熟視不覩，充耳不聞矣。吾人初到外國，見青年男女，在大廳廣衆之間相將跳舞，接吻，很覺詫異；及相習久之，則與之相忘，不覺其可怪了。此是習慣可使強度閾增高之證也。

刺激之徐疾．刺激要是徐徐增加其強度，引起反應之效力不若遽然發生之刺激

之效力大。如吾人習冷水浴時，漸漸的減去水之溫度，終至冷水亦不覺其冷；若不素習，驟然於冬天行冷水浴，恐怕覺其冷的刺骨，忍受不了。又如家人父子終年相處，不覺其子女身體之增長或變化者，亦以變化緩慢故也。此是刺激徐疾增降其強度閾之例證

生理的關係　吾人餓時，雖糟糠殘羹亦致垂涎；飽時，卽山珍海味反不一顧；身體困乏時，卽有很強烈的刺激亦不易發生反應，就令反應，亦不如平時之迅速而有力。

注意的影響．人當注意力集中於某一種對象時，雖來其他喧嘩繁擾亦不能引起反應．如科學家在試驗室試驗時，卽外邊有很大刺激，他也不知。孔子聞韶三月不知肉味，白公謀反，戈刺頤流血，亦不曾覺，此可以增高強度閾之證也。然因注意亦能聽常人所不能聽到的聲音，常人所不能嗅的氣味，故注意亦可以降低强度閾。

刺激之積合刺激，不但因被刺激之有機體種種的關係，能使刺激之强度閾增

高或降低；即刺激之自身不必增加其刺激之强度，只增加其刺激之次數，亦能引起有機體之反應；這教做刺激之積合。如吾人對某甲說話，初次不知吾說的是什麼，吾若說一遍，或兩遍，聲音亦不必加大，他就明白了解吾說的是什麼了。但是這種刺激的積合，有相互的關係，因其刺激之多少與其性質上方向上，互相幫助或互相干涉，而生種種變化。

多刺激的積合　蘇秦以連衡說秦惠王，書十上而說不行，(第一刺激)黑貂之裘敝，黃金百斤盡；(第二刺激)少不得負書担囊回家去了。這時候他雖形容枯槁，面目黎黑，受了千辛萬苦，然使家庭之父母妻嫂都很歡迎優待他，他也未必就肯下那錐刺骨的死工夫。及受了妻不下紝，(第三刺激)嫂不爲炊，(第四刺激)父母不與言(第五刺激)的種種刺激，他便忍受不著，起極大的反應，破命的讀書去了。這不是多數刺激積合起來的影響嗎？

刺激的互助　前之所說，是指一個刺激不能喚起發生某種行爲時，積合多數的刺激便可使某種行爲發生；今之所說，是指一個刺激，已引起某種反應，但

是陸續來的刺激，都是幫助某種行為進行的，則某種行為因其他刺激之幫助，進行之勢力或速度，可以增加。例如吾已被一個刺激使吾發生回家的行為，行至中途，密雲欲雨，我就要走的快些，忽然雨點亂滴，我就要開跑步走了。此即是數個刺激的互助，使行為的勢力格外增加的例子。

刺激的互阻要是數個刺激所要求的反應，各不相同；此不惟對於某種行為不能加以幫助，並且還要生出干涉。吾人耳不兩聽而聽目不兩視而明；同時有兩個人對我說兩樣不同的話，結果我的心一分，便聽不明白他們說的是什麼話了。惟目亦然，一目同時看兩種東西，決不會看清楚的：這就叫做刺激的互相干涉，或互阻。假使兩種刺激的性質或方向相反，其勢力又相等者，結果可以使行為不至發生。如在一夫一妻制度之下，一男子為兩個女子所受，而對於兩個女子受情受同等的刺激，此人在此情形之下，必不發生對於某一女子有結婚的行為。（必定條件變了方可結婚）若兩個刺激雖同時，若非同時應付不可者，不妨先應付其一而再應付其次

過去刺激之餘力一個刺激剛才過去，另一個刺激又來，後來之刺激往往為前一個刺激所左右。食糖之後再食梨，則覺梨味很淡；看了紅色轉眼看白紙，白紙中帶有青色；看黃色後再看白色，又見白紙中帶有藍色。這都是過去刺激所留之殘餘勢力，把後來之刺激變化了。

刺激可分為兩大類。1自有機體內部發生的刺激，是曰內生刺激。2自有機體外邊來的刺激，是曰外來刺激。吾人缺乏養料，則覺飢，缺乏水分，則覺渴；小兒因生機之衝動，恒起無端之動作；成人因某種機能之要求而生特別的舉措，此皆是內生之刺激，無待於外而自生者也。外來之刺激又可分為兩項：一自然的刺激，二社會的刺激。

自然的刺激．凡圍繞吾人周圍之無生物，一切自然之現象，如日月星，山河大地，禽獸草木，足以與吾人以刺激，使生反應者，都可謂自然的刺激。實在吾人無一時能離開自然之刺激，而不受其影響。西人動輒傲然曰．征服自然，然細觀之他們對於自然所征服者，不過太倉之一粟。今略述自然界之一二事，

使可知其勢力之偉大矣

氣候於人類有密切之關係，人之所共知也。如寒帶之人，性多沉毅，而遲重；熱帶之人，性多輕浮而活潑。然不獨此犖犖大者，即極微細之事，詳細追考，亦多與氣候有關係。近人考查天氣沉悶下雨之時，學生之功課進步遲，狂風怒號闇淡時，犯罪之人數較多。如此很小的行爲，都與氣候有關係，可知自然勢力之無微不至矣。泰戈爾謂東西文化所以不同，實原於地理。蓋西方之人多居城市，城之內外便生了限界。城內爲我，城外即爲非我；旣有我與非我，則競爭之心便生。印度人住於大森中，一望無際，天地相連；於是心與自然界融合爲一，旣無人我之見，亦無征服自然之心。太氏以自然環境解釋國民性，其見解自有獨到之處，不爲誣也。我國北方多慷慨悲歌之士，以北方氣候旣寒，而山嶽多呈雄偉宏壯莊嚴之氣象，故人受其感化，性與之同。南北多溫柔活潑之人，以南方氣候溫和，山明水秀，多自然優柔之美；是以南方之人受其感染與之具化。又我國南方學者多道家，北方學者多儒家，法家，亦因南方土地肥沃

，物產豐富，人民可以不用多大勞力，便飽食暖衣，故有暇談玄說天，探討宇宙之原理，而生此甚深微眇與實際生活無關之理論。北方土地稍薄，生活成了問題，時有飢寒之虞，故生儒法討論人事之學問。此自然環境影響於學術思想者也。我嘗以爲社會之風俗習慣政治制度，亦要隨着自然環境而生變化。吾人自南至北，千里之間，便見有種種不同之現象；如衣服食物房舍，處處呈顯然之區別；在昔陝西河南，爲文化之中心點，現在文化中心移於東南，這其間亦定有地理之變化，不盡關係於人事。西人亨定登曾查考亞歷山大征印度時所行之兩條路，今者北邊一條路，逼近沙漠，恒至行一兩星期不能得水；想其遠征時，千人萬馬，若其無水何以能行；由此可知昔時必不爾也。後來地理變化，以致水源乾涸，所以少水。在昔水多時，亦必不如現在之荒涼也。

亨定登考查小亞細亞在昔時有巴比崙之文明，而今者如此不堪者，實原於氣候之變遷。而氣候變遷之情形，可由樹之年輪而推知，年輪疏必定氣候濕潤，年輪密必定氣候乾燥；而陝西所以退化不如昔日者，必與氣候有大關係，吾人不妨

由樹之年輪而測知其變化也。

吾國每一次內亂，亦多與旱災有關係。黃巢之起，以彼時荒旱之地方極大，幾乎赤地千里，人民求生不得，故一人揭竿，天下響應。李自成之亂，亦因河南直隸山東等省，旱荒大飢，人相食之所致也。此自然界變化之影響於治亂之例證也。

平原曠野之區，人民多事耕桑，山陵層疊之地，人民多事牧畜或開礦；近海之人，多逐魚鹽商賈之利，此地理影響於人民之職業者也。地方貧苦之區，則結婚恆晚，而犯罪者亦衆；犯罪者多，則刑法必重；且大陸之地，政多專制，近水之國，政多共和；此地理之影響於政治者也。印度多大森林與大山河，人民驚宇宙之偉大，謂非一神之力所能創造主宰，故信多神。猶太平原千里，極目黃色，地天相連，故信一神。此地理之影響於宗教者也。印度之神爲天，神之子爲雨。昔者崇拜天神，今則拜雨神。以愛爾蘭人初到印度時，以游牧爲生，故敬天而求其多晴；現在從事農業，故敬雨而祈其勿旱；此因職業之變遷而牽

及於信仰者也。其他如挪威地方苦寒，其天堂之觀念爲暖，阿拉伯地處熱帶，故其地獄之觀念爲熱，此因氣候而影響於天堂地獄之觀念也。由上所述觀之，自然界控制人類之勢力甚常偉大，即西人稱爲最善征服自然者，亦是最近之話，而所征服者亦不過一小部分。誠以人無論如何努力，總有睡眠休息，而自然則終始如一，無時消歇也。

社會之刺激　凡經人爲的製造或行爲所留之遺跡，及現在行爲交互的影響，皆是社會的刺激。如宗教，道德，風俗，習慣，法律，文學，哲學，美術，科學，交通，職業，及其他一切之組織、文物制度等等，皆足以與吾人行爲以很大的影響，都可謂爲社會之刺激。此後所討論者大半都是社會之刺激，故在此時亦無詳說之必要。

反應

反應之意義　反應就是受了刺激能動的意思。說文動移域也。就是說能由這個地方走到那個地方，便算是動，便算是反應。有些人拿看能否反應區別有生物

與無生物，但是反應之意義未精密規定以前，便以能否反應區別他們，却有很多不妥當的地方。如皮球受外力之打擊，亦生反應作用，能說皮球是有生物嗎？有人說：凡物反應之力比所受刺激之力大者，便是有生物。然炸彈只受相當的刺激，便生很大的反應，能說炸彈是有生物嗎？又有人說：能選擇刺激而生反應者，便是有生物；然輕養淡三氣置於一瓶，用火點之，輕養二氣化合成水，淡氣獨不與之化合，是亦有選擇作用也。能說輕養是有生物嗎？要知動有兩種：曰能動，曰所動。反應亦有兩種，曰自動的反應，曰被動的反應。皮球雖能反應，但純視外力之勢力爲轉移；沙被風吹，炸彈炸裂，皆是被動的反應。有生物就不然了，如植物能自動的向日，且能自動的伸根入地，吸收養料，葉向着日，呼吸空中之空氣，這都是受刺激後自己發生的反應。不但不是純粹聽憑外力之播弄，且能利用其刺激以爲攝取養分，發榮滋長之資料。至於動物更不待言了。蓋無生物只有被動的反應，而無能動的干涉環境，改變環境的能力。有生物受了環境刺激以後，他能自己起而反應環境，且進而干涉環境，改變環境，使適於自己之生存，此

有生物與無生物之區別也。吾人今所講之反應，卽指有生物能動的反應而言也。

反應之三要件　上文說能自動的反應，且能干涉環境改變環境，才算是有生物的反應。故有生物之反應應包有三個條件。無論反應如何的速，必有相當的準備時間，教做朝向。既是要干涉環境，當然要有運動。既是要適合於自己之生活，必須改變環境。故朝向，運動，改變環境，爲生物反應之三要件。亦可說一個反應的歷程。茲分述其意義於下；

朝向　朝向就是有機物受了刺激後準備着起反應之動作之狀況。如賽跑時，號炮未響，他的姿勢必安置妥當，全體的筋肉必一致的緊張，身向前傾，眼向前視，預備着跑。恒見馬受了刺激，想跑時，他的耳朵必先豎起，頭亦抬起，二目閃閃發光，向前直視，身上之筋肉緊張，四支蹄用力着地，身向前傾，然後才能有跑的動作。如此等等，便教做反應的朝向。

運動　有機體受了外界之刺激而生朝向，朝向之時已過，要無其他刺激之干涉，便要開始運動。朝向時並未改變方向，運動時就把原有之方向改變了。如人

之跑路，跳舞，獸類的爬行，鳥類的飛，魚類的泅，都是變原來之方向，而成另一方向，這便教做運動。

變更環境　凡一種反應必有反應的意思，換言之卽是反應的作用。這一條最關緊要。要是反應沒有自己要反應的作用，那便是無機物被動的反應了。如外界用針刺我的手，我必把手猛一縮，這縮便是想免去外界的刺激，而變更一個新環境。行路遇見一條毒蛇橫在前面，這時候必要離開這條蛇，不與他接近。我覺着冷了穿衣服，餓了吃飯，這吃穿的行爲，就是變更冷餓環境的作用。所以說，有生物一切行爲，都是應付環境，干涉環境，改變環境的作用。這種作用，分爲積極消極兩種。積極的反應，如覺冷則穿衣，覺餓則吃飯，消極的反應，如受針刺則收縮，遇毒蛇則躱避，是也。

反應的時間

我們由前所說，可知有機體受了外界刺激，必經過些許朝向時間，才能發生運動。當白受了刺激到發生運動的時候，這其間經過時期，教做反應時間。反應

時間之長短，因種種情形而生差異。

個人的不同　同是一個刺激，有的人反應快，有的人反應遲，同一問題，有的人能立時解决，有的人必經過很久的考慮思想，才能解决。大都個人的差異，皆是原於教育，練習，與遺傳的關係。

年齡與男女的不同　據實驗者之報告，中年人比老年與兒童反應時間短；男女反應之遲速，因刺激之種類而不同。某種刺激，男子反應較女子爲快；某種刺激，女子較男子爲快。這都是因爲男女教育習慣和身體構造不同之結果。

刺激的强度．刺激越强烈，反應之時間越短，反之，則反應之時間遲。

練習與習慣　凡對於某種素習的刺激，則反應快，不素習的刺激則反應遲。練習愈純熟，反應之度愈速。我們初學寫字時，很是遲慢，漸習漸快；讀書亦然，初認字念音，非常困難，非常遲慢，到讀的時候久了，一見生字立可認識，念一頁生書，也是很快。故練習和習慣與反應時間有很大的影響。

疲勞和注意的不同　人當疲勞時，即有很强的刺激，其反應之時間比平時亦較

長，可是當注意時，刺激一來，反應便生，其反應時間比平時較短。

朝向之延長

一刺激之來。若不遇其他刺激之阻止，或其他勢力之限制，必能發生爲運動；可是一被外力所阻，不能由朝向卽發爲運動時，則朝向之時間，可以延長。但是延長時間之長短，因動物之種類而不同。據韓德之實驗，老鼠不能過五秒，貓不能過十秒，二歲半之嬰兒不能過五十秒，五歲兒童不能過二十分。朝向若過了這種時期，便不發生動作。然成人則否。他的朝向時間很長，若某一刺激之朝向爲外力所阻，不能卽發生爲動作時，便蘊之於心，遇機再發。通常人不知此朝向再發之潛勢力，偶遇一種運動非如刺激所能引起時，便認此爲人類之意志。其實人類心中何常有個特別意志，以爲行爲之主人翁，不過是一團潛伏之朝向而已。佛洛特不解這朝向潛伏的道理，他說這是人類與生俱來的欲望，爲一切行爲的源泉，爲身體活動的原動力。欲望之最有勢力者，爲男女之性欲，我們幾乎全爲此種性欲所左右。但是此種性欲有時爲社會人格所限制，不敢發生。有時候人類敎

育社會道德，且能把極端與人格不相合的性欲，屏除到意識以外。然非消滅也，不過不發現於光天化日之人格上，而潛伏於下意識界。到了夜間熟睡時，不爲晝間人格之勢力所壓制，遂乘機竊發，而淫欲敗度之夢作焉。日間所羡慕之美女，不難踰東家牆與之共寢處矣。佛氏又謂，凡違現社會禮法之欲望，都以下意識界爲逋逃藪。等到意識檢點不到時，便又發洩出來；所以人每於無意之間流露其隱私。佛氏以此原理，用來治人瘋狂的病，恒奏奇效。蓋瘋狂之病，多生於腦筋不健全的人，因他受不了下意識界所藏的賊寇種子之騷擾，於是乎發狂。這時候將他所藏的賊寇種子，一一分疏抉發出來，那有機體不爲此種種子所擾，而得到安寧，病就可解除了。佛氏之說，爲現在行爲心理學家所反對，據我看來，他錯在認欲望爲一種與生俱的東西，若把這種欲望看作潛伏的朝向勢力，那就有了科學的根據，人家也不至說他說的欲望是一種無來歷的妖魔了。

倫理學上之動機論者，把動機看的非常重要，以爲人之行爲，完全受動機之指揮，故其判斷人之行爲之善惡，一以動機爲標準。其實人之心中，何嘗有什麼動機

爲之主宰，亦不過是一種朝向之潛勢力；他們不懂此理，故陷入此不可捉摸之動機論了。

決定行爲的條件

行爲旣是由刺激反應而成，在某種刺激之下，應發生某種行爲，差不多可以預測的。但刺激與反應之間，有種種複雜的關係，不是如化學家所說某種原素與某種原素在一定條件下相遇，卽生什麼現象的簡單。但是我們要概略說起來，在複雜情形之中亦可以找出幾種決定行爲重要的條件。一，生理的構造　二，遺傳的影響　三，個人的歷史　四，刺激的强度　五，有機體與刺激歷史之關係　六，當下情境　七，過去刺激的影響　八，反覆的刺激次數　九，時間的關係。吾人若能把此數種條件相互的關係，研究淸楚，卽不難預料他在某種情形之下，遇某種刺激時，發生某種行爲。古來善用兵的人，所以能料敵如神者，卽是應用此種原理。不過這種原理，沒有數學原理容易應用，所以現在行爲論，尙未成爲正確的科學。教我看來，吾國易經可算是講行爲論最早之書。按易有三義：一簡

易，二變易，三不易。他把天地人三界之事，都歸納到六十四卦之中，而六十四卦復納入於八卦，八卦又歸納到陰陽。(卽乾坤)陽是能動，陰是所動；可當反應與刺激。此是說人類行爲，總不出乎反應與刺激，豈不簡易嗎？但是刺激反應之間，却生出種種的變化，若認某時某地某人受了某刺激，起如何反應，而謂異時異地異人遇某種刺激，仍起某種反應，那就錯了。故易曰：「爲道也屢遷，變動不居，周流六虛，上下無常，剛柔相易，不可爲典要，惟變所適。」意謂刺激反應之間，變化是無窮的，不可有所執着，這是說變易之義。雖說是變化不居，然變化之中，又有規律可循，不是漫無條理。你只要仔細觀察，刺激反應之間，無論如何複雜，總有一定不易之原則。他把這一定不易之原則，定爲六十四卦。卦者掛其象以爲行爲之的也。就是說可以拿着六十四卦之現象，以御社會萬有不齊之變化。這是不易之義。這三者是易經的根本的要義。但易經根據此原理去講人類行爲，有點指示人趨吉避凶的意思。似乎是偏重在行爲的作用。故乾卦初九說，潛龍勿用。九二說：見龍在田利見大人。師卦初六說師出以律。蒙卦象曰山下

出泉蒙；君子以果行育德。這都是說在如此環境之下，應該有這樣的行爲，豈不是於必然行爲之中隱寓教誨之意嗎？

孔子曰：　作易者其有憂患乎？這是什麼意思呢？因孔子讀了六經春秋與百國之寶書，又活到六十多歲，自己之經驗既多，而閱歷古人之經驗亦廣，知道人一生下來；就是在黑暗中行走，處處碰釘子，處處有錯誤，而死在不知其罪的人，不知幾千萬了。他讀易韋編三絕之後，因以知道古聖人作易經之用意，在憂患後世子孫蹈古人已往之覆轍，而極力想法子示人以行爲之正徑，教他們於萬有不齊變化無常之新環境中；本易之原理而生出應付環境妥當之法則，不致再用試錯之方法，卽可使行爲之效力，格外增加，而解決人生瞎碰冥行之苦惱。其六十四掛三百八十四爻，都是古人指示人行爲應遵守之條件。孔子曰：　五十以學易，可以無大過矣。蓋此意也。但是讀其書果否卽可免去未來經驗之錯誤，而使行爲得到極完善之效力，實不敢說，然其意在指示人類行爲之正鵠甚彰彰也。

三　本能與習慣

有機體受外界適當刺激卽發生反應，此自然之現象也。但人見有此現象也，必求其所以能反應者，於是乎有天性之說，理性之說。至近世則變爲本能之說。最初用本能解說人類行爲者，爲達爾文，後來詹姆士尤爲盡力鼓吹。現在心理學者受其影響，遂視本能爲一切行爲之淵源矣。桑戴克曰：「人類之行爲，無論居家，處世，服務，信教，以及各種治動之要項，胥依其原始的本能爲基礎。所有改進人生之方策，應於是加之意也。」其推崇本能可謂至矣。

然吾人果切實研究本能眞實之性質，及審察主張本能說者之論據，觸處發生疑難，茲撮其可批評之兩端而推論之。

界說與數目之無一定。考歷來主張本能之說，迄無一致之意見。有以本能爲機械的，有以本能爲先天的，有以本能爲第一次發現的反應卽完備的，有以本能是由進化來的。各標義諦，莫衷一是。且對於本能之數目亦言人人殊。有謂本能惟一者，自愛說是也。有謂本能有二者，利己利他說是也。有把本能分而爲三者，貪婪，恐懼，好名是也。甚至謂有五十六十者。宗教家所稱之本能異於政治

家。倫理學有所稱之本能，異於病理學者。此因所學不同，而異其旨趣也。十七世紀霍布士，以恐懼爲本能；十八世紀道德學者，以仁慈爲本能，十九世紀孔德，以利他爲本能。近頃有以模倣爲本能者，有以創造占有爲本能者；此因時代背境不同而異其見地也。據此以談，吾人將以何者爲是，何者爲非乎？恐此種爭執永無解决之日，以各人所說之本能，皆具有神祕之性質，非具體可見之物事。換言之，就是把行爲的現象加以最後之原因。夫不就事論事，而論事之意，則雖千百年後，爭辨亦不能息。然以爭論無定之說，不能謂本能爲眞實存在也。

研究方法之不可靠　近來研究本能之方法凡三：一來歷的方法，此法證明本能生而俱有，如嬰兒初生，即知吮乳，是其生來之本能。二觀察的方法，即觀察動物之某某行爲，爲其全類所共有者，如捕鼠是貓的本能。三試驗的方法，即將幼物置特別環境中，以考察其行，據以定其本能者也。蘇伯定氏嘗畜雛鳥於小籠，不令見鳥，長大縱之亦能振翼而飛，因知飛是鳥之本能。以上三法，研究所得之結果，無不使吾人懷疑。夫嬰兒墜地能即乳食也是生，於生理之要求，（亦可

自說內部的刺激）發生的無定向的運動。初本不知如此可以得到滿足他的要求，偶然一次獲得滿足，可以繼續練習下去，而成爲一串有組織的動作了。（吾見牛之初生，本不會吮乳，必定試驗數次後，才能正確吮着。可見此是練習使然。或者必曰能知向其母體上找乳，便是本能。然未找之先，其母卽向小牛有許多撫觸的動作，如舐其身上之溼毛，有時故意使之接近其乳，凡此等等，或是一種不言之敎亦未可知。）又如初出殼的雛雞，置穀於地則亂啄，然初次所啄，實無所得，第二天方能啄着一半，三四天可啄着四分之三。可見啄是生於生理之刺激，所謂不待於外而天然卽能發生一種准確之行爲者，殆不可得之事也。用來歷的方法所得既不可靠，而觀察方法更多錯誤。夫某種動物全類之中有某種行爲，乃因其生活於相似之環境中所致，易其環境，則不同之反應立見。（歷史曾載有貓曾哺鼠之說今無試驗亦不敢謂其盡欺誣也）惠特曼氏嘗將鴿子混入他種禽類而飼之，久乃相安，覩其同種反避之矣。既而更獨置之，一季後，出而驗之，則仍與素習之禽類親，而不奔附同種之羣，此可證動物有同種相求之本能之不實也。又如蘇

伯定以飛爲鳥之本能，殊不知此種能力之成因，乃其動作機關與其環境需要，直接所生之效果耳。飛艇之機器完備亦能凌雲升天，能許飛艇有飛之本能乎？佛洛特氏以交性本能爲其心理學之中堅，然此種本能之顯現皆在身體發育之期，亦生於內部之刺激，非原於不可思議之本能也。（鷄狗猪等若去其勢便不發生性交之行爲此可證性交是生於內部之要求，不是另外有一個本能）此三法所得之結果舉無不破之理由，庸得謂爲有本能乎？

由上文兩種批評觀之，本能之說實無存在之可能，然心理學者多主張本能說者，蓋由誤於由果推因之心理也。彼以爲由現象推現象，由行爲推行爲，不足以盡科學之能事，而必由行爲上溯其最後之原因，然因此一溯，便不能確守科學之範圍，而生種種無參驗而必之之推測，陷入於玄妙不可思議之域。不知社會與個人的關係，全建設在物質的環境上，除了人與物質相互之變化外，別的什麼都沒有了。

復次，心理學者還有一種牢不可破之見解，以爲物質是固定的東西，經一度

變化，成了習慣後，便不可修改，只能有機械的作用。本能是超物質的東西，可以惟變所適。不知物質亦是常常受外界的刺激而生變化，如吾人之身體都是刻刻在那新陳代謝，而習慣亦何嘗不是日日望新組織呢？又現在教育學者都是受了盧梭發展本能復歸自然說之影響，而主張順應本能之教育。實在所謂本能者，也不過兒童一串之習慣，變更其環境，即可變更其習慣；所以適當教育，當建設在已成之習慣上。

欲審習慣在行爲上之特勢，可於種種惡習見之。如愚惰，賭博，沉面酒色等，此等惡習，足以操縱個人之行爲，凡一舉一動，皆被其約束。種種習慣之醞釀乃至完成，皆屬偶然的。愚惰也，賭博也，非先欲如是，或必欲如是也。然以習慣之深入人心，不期而發達，遂成堅强不移的行爲。吾人由種種惡習的特性，可以了解一切之習慣，並可以洞明吾人之自身。習慣能予人以有力之慾望，且能統轄其思想。言其障碍，則使人對於如何可得所慾望之結果，往往專憑結習以從事，而不求智慧之指導。是以習慣如漏斗然，所有吾人之觀念與思想盡皆由此濾過

。然無論如何，此斗必非純淨。猶一種試藥，對於其所接受之物，必另加以新質而化合焉。綜之，吾人之觀念與感覺皆根據於經驗，觀念感覺所根據之經驗，即習慣也。個人之品性，惟習慣之所經緯侵潤而成。了解習慣及其各種形式，斯爲社會心理學之關鍵已。

故凡性情意志等，皆可視爲習慣之一種。有現在之習慣，可預定將來之行爲。然將來之行爲，亦可更改現在之習慣。良以吾人之行爲雖本於習慣，然亦自隨時變更也。在個人曰習慣，在社會爲風俗。風俗之構成，與習慣同。因一羣人聚居於相似之環境，即有種種一致之反應，於是有共同之嗜好習尙等。環境之影響，各處不同。故一切風尙文化等，亦均不同。兒童生長於社會中，各學其本地之風尙，正如各習本地之方言。雖間有新創，惟不及已成者之完美普遍，故終必從衆人之所之。風俗猶如通衢，個人作新不易，故亦必趨於一途。且各以本地之文物制度爲善與利之標準，各化其俗，如愛其鄉。然遇有戰爭交通等事，各以不同之風俗相見，則其固有之風俗因而更改。但其變更之遲速與其周圍之環境爲比例

。如中國今日之政治維新，國體共和。然以數千年舊習慣之勢大，一時不能完全更改。必俟後輩繼起，共處於新環境中，始有純粹之德謨克拉西。是以兒童自幼當採普汎之教育，所習不可過狹。務令經驗豐富，養成習慣上之彈力，斯可以應付日新月異之環境矣。

總之，無論吾國學者之言天性與西洋學者之說本能，都是妄造名言，殆無實據；試一聆佛家破遮天性本能之說，便可了然矣。佛家謂一切有情無情都無自性；一切現象都是依他而起。這就是說：凡宇宙間現象，皆生於彼此的對待，若無此亦無彼，彼此者相需而生者也。舍此求彼，則不得彼，舍彼求此，則不得此。東西相反，才能相成。東不依西，則無東；西不依東，亦無西。若把西東分開求其自性，則西東皆無，性其奚存。人類種種行爲之能力，無一焉是有物入其中作骨子以顯其能力；無一焉非因各方面之對待而顯其一時之作用。好色之性人所共認，使天地間只生此一人，恐此性不可見也。又使去其筋肉神經系，及一切搆成其身體之成分，問其性尙存否也。誠以此種勢力顯現，全憑周身之構造與組織，

這種組織都教做他；其組織所對之山河大地一切等等，亦教做他；他依他，而他依他；他他相依而現象生焉。一離了他，便無什麼了。此之謂依他起自性。現在心理學者不達此理，於是有此糾結不解，滯礙不通之本能說出矣。若照之以佛家無性論，其說可以立破。

吾立此論有二宗旨：一建立我的行爲論．二卽破佛家所謂我執與法執。爲我執之最烈者卽本能說，是以先撥遮本能，本能之說既破．進而破滅我見自易易矣。思想介於法我之間，故次論之、民俗與民德則純法執也，這種法執極爲難破。世之淺見者流，多執天不變道亦不變之說．其所謂道者，皆是自有人類以來歷史上所產的種種習慣。—民俗民德—執着禮教，認民俗民德爲秉彝好德之良，天理自然之序。此種法執，若不打破，終難使之認識行爲之眞義。

四 「我」之意義

破我執　我對於本能既加以批評，今更進而討論「我」的問題。人生而卽具有俱生我法二執，故人對於我的執着性，非常之堅，若不把我執層層破遮，則我之

意義終不可明。考世間所執爲「我」有兩種不同之見解：卽世俗之我見，學者之我見是也。世俗所執爲我者，不外形體之粗迹，以五官百骸九竅賅而存焉者爲我。這種我見，稍加思考，便可立見其不眞。假使身體卽謂爲我，要是人卒中暴疾，忽然命盡，身體不變，我意全亡，此其可破遮者一也。吾人五官百骸九竅，分而析之，可有百體；今指那一部分是主我？那一部分是客我？其俱爲主也耶？其俱爲臣妾耶？其另有眞君存焉以爲之主耶？於是稍有思辨者，皆不肯以蠢然七尺之軀，錫以我名，故學者之我見生焉。德哲非喜推會說：我是兩種東西構成，一我二非我，我以非我爲實現我的工具或材料，無我固不可，無非我則我卽不可思議。蓋我必與非我對立而我見才生，我必以非我爲境地，而我才可成立。世界上絕無懸空無憑依之我；這與佛家所謂我有二義，能所並包者相近；然其所謂非我者，似指外境，尙屬易知；其與非我對立之我之意義，殊欠明瞭。果指何者爲非我對立之我乎？以何因緣而立此非我對立之我耶？我身爲我耶？則我身之我見已如上述而破之矣。然則我能旣已不存，我所更復何有。卽使有所，亦難成能，此我

與非我對立成我之說，不可輕與承認。足以救斯難而建立眞我者，有笛卡爾的學說。笛卡爾常懷疑山河大地森羅萬象無一可謂爲眞實存在者，然懷疑到最後而得一結論，即是萬有都可懷疑，惟能懷疑之我不可懷疑，是以「我思故我在」之一句名言出焉。然思之，重思之，則所謂我思故我在之言，亦疑難百出。若謂我能思維，即便謂有我；若不思維時，我不就立時斷滅；然則思由突起，我亦突生；夫以此斷滅無常爲我，則我之存者還復有幾。後來叔本華以意志爲我之命根，爲我存在之根源；然吾前言入無意志與動機，所謂意志動機者，不過是前者反應之朝向或其薰習之業力，亦無獨立存在之餘地。是以哲姆士有三我之說，即肉體之我，精神之我，社會之我是也。哲姆士之說，固較上述三者爲進步，然所謂肉體之我，即前云世俗之我見，精神之我，亦比於笛氏能思爲我無大出入。夫由三分子合成之我，而有其二亦不可存在，而社會之我亦無所附麗矣。其他如印度諸宗所唱之唯我說，亦爲唯識家破遮無餘。如此看來，在昔所說之我既無勝義可資存在，不是世界上無有個個之我了嗎？然依其假立又說爲有，若迷謬執着便破爲無，

今述我之我見如下•

我之成立　由前之說，肉體思維及一切計度皆不可說爲我，然則所謂我者果何事也？曰我者，乃是依他而起，沒有自性。換言之，就是說我者不過是一捆一捆的習慣而已。除此一捆一捆之習慣外，別無我在。唯識論云：「云何世間及諸聖教說有我法，頌曰：「由假說我法，有種種相轉，彼依識所變，此能變唯三，謂異熟思量，及了別境識。」這就是說我者不過各種現相流轉變化而已。然此種種相皆是由識所變，識謂了別，所謂了別者，就是刺激與反應。二者相互成爲行爲。刺激反應屢屢不休，便有分別薰力與業力支持其間，敎他成爲一貫不可磨滅的東西，便是習慣。因舊習慣對於新習慣有薰習力的緣故，所以對於新習慣有很大的影響；惟此新舊習慣展轉流變，陶冶結聚，成爲一致的人格，故曰人格者習慣之結晶也。典章制度者社會風俗之結晶也。人知典章制度沒有自性皆依他而起，(但有執着性極強之人他亦把典章制度者做神聖的東西。)而不知人格(卽我)亦沒有自性，亦卽是依他而起，何其不能隅反也。

我之進展　小兒初生不知有我，迨受了刺激生了反應，然後漸次成爲習慣而我之觀念生焉；然所謂我者，實卽習慣之結晶也。但是習慣愈多而反應之力愈強，反應之力愈強而接受刺激之範圍愈廣。由此展進而我之外延愈大。例如小兒因飢尋求果腹之具，後於筒中尋着食物，則啖而食之；設再飢，必再尋其筒，是前此如何，後必以爲根據者也。間或爲人察見，而加以敎訓，若再飢則必變其行爲矣。蓋因加一層刺激而反應之情形亦必加一度變化，變化多則行爲之分量增，這是「我」的第一步的進展。

復次，吾人所論之自我，實指可經驗之我說，是客詞之我，非主詞之吾。如說吾思我則可，要說吾思吾則不可。故名爲我者，卽得而經驗者也。然我與我所之分際實難劃淸，如我所知覺或我所作爲等，皆含有我所之意。我之名譽，我之妻子，可與我之身體同貴。是故凡一切經驗之事物及意識，皆得爲我，不僅限於身體已也，至於衣食住屋宇器用財產親友等，莫不引起同樣之情緒。不幸而有死傷損失，則怵然興悲，如失去我之一部分。這是我第二步的進展。章太炎曰：「自

八識之根，以至一毛一孔，屬於內界者，假說爲我；自眷屬衣食金錢田園，以至一切可以攝取受用之物，屬於外界者，說爲我所。而我與我所，又非一成不變者也。若由外界以望內界，則外界爲我所，而內界可稱爲我。若由內界以望最內之界，則根識形體亦爲我所。」這是說我的內包外延，迄無一定的界域也。蓋由最初經驗，（或行爲或習慣）者容易結晶，被人認爲我，而後來之習慣或經驗者，以其緣淺故認爲我所。實在無我與我所之分，只有整個一串之經驗或習慣而已。

復次，由上述觀之，我之活動之環境愈多愈廣，則我之人格愈大。兒童生於家庭，則以家庭爲我，漸長則以一鄉爲我，漸長則以一城市爲我；若能遊歷一國，則以一國爲我，周遊天下，則以天下爲我。孔子曰；聖人能以天下爲一家，中國爲一人。孟子曰：萬物皆備於我矣。此非臆度之言，實因取精多，用物宏，經驗豐富，能攝取萬有以爲量者也。能將其習慣與萬有化合也。質言之，即萬有皆爲其所習慣，故曰萬物備於我也。不然，則萬物備我之言，爲不可解矣。這是我的第三步的進展。

總之，社會之風俗，典章，禮法，皆爲我之一部分，一孔之儒，拘守不知變通者，因其未知天地之大全，限於一部之習慣而拘而爲我也。以我之行爲必如此方爲合乎道德也。使其生長於萬有不同之環境中，吾知其道德觀念必定大變，其自身之人格必不同於衆，而評判社會之行爲，亦與衆不同，以其有萬有不同之習慣也。若能看破構成此我的成因，則肝胆楚越，不復有迷謬執着之我見，而只有隋緣而化，任運而起之反應而已。然非大聖，不易獲此勝解也。

我說我者乃習慣之結晶，執着性强烈的人聽見，必定奇怪說：我有我的自性，何得以習慣外來之影響便認爲我也。然舉一例足以證明。如云我的朋友最知道我，然所謂知道我者，此含何種意義也。此昭然非知其自性，乃由知其一切之經驗與習慣也。朋友知我決不做賊，乃由其素來見我沒有做賊之行爲，而推及我決不做賊也。此正如我見去年之日升東而沒西也，今年之日亦升東而沒西；以至於自我有生以來之日，皆是升東而沒西，於是我們知道日之歷程蓋有定規也。然則此可謂知日之自性乎？勿亦不過知日之運動之習慣而已。所謂朋友之知我者蓋亦

人同此理也。藉此反證，我之成立之意由於習慣，無復有可懷疑之餘地矣。

五　語言與思想

語言之來源．　我們既討論了我的問題，知我是社會的產物，是一束習慣，是一貫的行爲。今考語言之來源，則知語言亦生自刺激與反應，不外爲一種之行爲。觀人當說話的時候，身體上起許多之肌肉運動，每發一音，則其肺管聲帶及口舌的筋肉均有同等之現象。如讀書時，必注其目，運其睫，調節其呼吸，其全身各部亦起種種之適度的反應。故知語言爲行爲之一，當與他種行爲等量齊觀也。人當覺醒的時候，他的行爲無一刻止息，身體上之筋力不住的緊張，其精神亦有活潑欲動之現象，試觀某種現象傳入視聽等神經時，則激起某組筋力之活動。這組要活動時，更要牽及全身筋肉之活動，此種活動可稱曰不顯著之行爲；而語言之起源，蓋卽藉此不顯著之行爲，日漸發達而成爲社會之產物。觀兒童最初之行爲，純屬內動的，個人的，感情的；後來有一部分可以發生社會之影響，於是才知其行爲在社會上有若何之價値．如小兒之哭啼，初時爲內部之衝動而哭，不

知此哭在社會上有何種效力；既而人與以食物等，乃悟其哭之行爲，在社會上可以發生關係；於是知其內部之衝動，或受特別之刺激而發生之反應，欲使其發生社會的效力必藉外部之行爲以表現。其最初者便是顏色。但是顏色雖可以有傳達其行爲之意義・於社會之效力，然非良好之媒介，以其不能自已觀察，而自已管束故也。欲其行爲可以管束有一定之規則，必擇一自已可以察見者，於是漸進而爲手勢之表現。因人用手作勢時，可以自已見其所作之形狀，因得以管束其行爲。例如旅行之人，深入異域，不通其語言，無已必作手勢以表示其所欲。飢渴則指其口，取物則象其形。在昔美之土人其手勢之語言有數十種・此爲人類學者所詳言也。手勢之始，甚爲冗雜晦澀，屢屢用之可以漸進於簡單而熟習；傳達之際，心中目中，亦明顯而有意味；所以然者，着目過去之經驗，引起心中之聯想，於是漸成慣例；沿習愈久，簡單愈甚；人人受此訓練，自能認作同樣之訴說。然因其需特殊之訓練，即成爲不自然之符號矣。總之，一種傳達符號分子在人羣中發展，雖由自然入於不自然，然亦是社會行爲自然之趨勢，非故意安排也。

社會一天複雜一天，人之行爲一天繁重一天，只有手勢的簡單符號，不足以表示人類行爲複雜之意義。於是口舌之特別作用起，考聲帶何以能代手勢之用，而爲傳達行爲之意義的唯一之工具呢？蓋以聲帶爲極柔韌之機關，其中筋肉運動的微妙精敏，遠勝於手及身體各部之活動，用時通過聽覺機關，可以發生連續之知覺，使說者．聽者都能領會。神經系所以極便於管束者，因聲帶所生之感覺的經驗，除空氣爲傳音之必要條件外，概不憑藉於外物故也。要是以手勢作語言，則必藉光亮易覩之處．若於暗中則手勢之效用窮矣。使以聲帶易之，則此等障碍便不必慮。況且手勢恒爲較遠距離與中間物所阻隔，眼睛便看不見。若用聲帶比較的便利多矣。且手之爲用至爲頻繁，若以之專任社會傳達之責任，未免不稱要是兼差未免太勞；而聲帶除用作語言以外，實無其他重要作用。夫其利便既多，而其責任又少，於是遂檢定聲帶爲社會傳達之媒介矣。

考聲帶發音傳達行爲發展的歷程，概由粗汎而趨精專，與應用手勢有同樣的趨勢。初則摹倣動物之聲音與事物之形狀，如兒童呼叫犬曰「猗猗」叫貓曰貓貓以

獢獢與犬吠聲相近，貓與貓叫聲相近也。又人見物之龐然大者必發為高亢之音，見物之藐然小者多發尖銳之音。但此類象形自然之音義，可以漸變而不用。今觀文明社會之語言，多經人事之陶冶訓練，而自然之音義蓋寡也。由言語而形成固定之文字，則機械之性質更大矣。

二語言的功用　言語為人類進化一種重要的東西，故有人以能言語為人類之定義。我想要是把文字包在言語以內，即以能言語為人之定義亦無不可。

考言語(包文字在內)有三大功用，一能把身體事物很繁重的活動，用很少的語言，就可以表現出來。因此可以節省人類很大的勞力，而用之於其他最重要的工作。故吾人自有了言語以後，把行為弄的格外簡便，格外複雜，生了無窮的變化。凡社會中一切之事變，萬物之情狀，感之於腦，會之於心者，皆可用語言表現之。要是沒有言語呢？那就不能生出理智來了。梁漱溟說：現量得境，不得義，比量得義不得境；如現量見白只有白的這樣的事情，不得白的這樣意思；故一落言詮，便非實物，是以佛家禪宗常說這張嘴只可掛在壁上。他所教人者只有最

笨的行爲。(卽是參禪自證)故禪宗之傳人在印度只有二十八人,在中國只有六祖;因爲他自己所得之境不能告訴於你,你想到他那地步,必照他那原樣再走一遭,一點力也不會省,所以費力多而成功少也。如此雖能而不可實的行爲,是不可主張的。

有言語以後,便可造出理智以供人類無窮的應用,然後可以利用過去之經驗與事實,變化我們現在的行爲。然語言何以能造理智呢?我可引柏格森的話來說明我的意思。「夫語言之爲符號也,其初在指示一物,因其可以移動,乃由指示外物者,而移指內心。蓋智慧之作用,不在辨外物,特有餘力以爲內心之反省,此反省之智慧,乃藉言語之力,潛萌滋長,微語言,則智慧將限於審辨物象,而無自省之能;是語言之與智慧,其關係亦大矣哉。方一語之可以移用也,不特由此物可至彼物,且可由一物而移至其物之記憶,由確切之記憶,而移至渾淪之想像,由想像而移至於造此想像之觀念;是智慧於其始,僅着眼乎外,後乃漸移於內,而能反省內心,言語實與有力焉。故言語一以示實物,使智慧得而辨之,一

以示無形者，使智慧能藉參內心。蓋智慧之作用，雖在製具，然必有充足之力，除從事於製具以外，猶有餘裕，則其製具始得有成也。智慧乃用此餘力以審於利害無涉之事，於是反省出焉，爲一切觀念之源，此智慧所能追討乎純理也。夫曰純理，自概括無生物生物與夫思想於其中矣」。柏氏對於言語之功用，可謂論之詳矣。不過猶分智慧與言語爲二物，似未免爲其直覺觀念所誤誘。實在言語是行爲，而思想亦是行爲，智慧尤是行爲。有語言而後產生思想，思想者不出聲之言語也，試想吾人思想時，有不用言語者乎？無有也。因吾人用語言得義以後，恒把所習之前言往行加以比較考證，再宣布於外，免有失言之譏。智慧者思想之結晶也。思而當理，用而便物，便爲智慧。所以言語也，思想也，智慧也，本一貫之事，不過有純駁之不同耳。故言語愈發達，思想愈進步；社會愈文明，語言文字愈多，且其意義亦愈精確而運用亦愈便利。

總之，有了言語文字，才能把我們祖先過去之經驗文化制度發明等傳給我們。故言語文字可以把無窮過去之經驗傳達於無窮的未來，他的功用眞是偉大極了

。

六　民俗與民德

民俗民德的來源　吾人試就人類學人種學研究原人及原始社會所得之結果，可以明白人類先有行爲而後有思想。思想亦是行爲之一種，不過他是內在的，而與外現的行爲略異其形式罷了。由行爲而產生民俗，由思想而產生民德。吾人試驗初生之動物，則知其對於環境有無數紊亂之反應，至於累次試驗而不適意之行爲漸次減少，而適意者漸次加多，於是成爲一種妥當的經驗。人之最初舉動亦足由錯誤中找出較爲經濟較爲便利的行爲，而成就個人之習慣。可是社會是有機體的東西，一個人的錯誤的行爲，或妥當的行爲，恒足以影響其周圍人的行爲而周圍人的行爲亦足以影響於個人。從這互相影響之中，而生出共同之行爲，這共同的行爲成爲習尙，爲大家所共認的適當的行爲，這便是民俗。民俗之初起，大都是有意識的。但是數傳以後，便成了硬性的東西，有強人以服從的勢力，使人不思索無意識的服從。然民俗之地方色彩最重，若社會交際頻繁的時候，這個地方

的風俗與那個地方風俗有會面的機會，亦可因其種種不同的情形，能促動民衆的反省的比較的心理，這種反省比較的心理，教做思想。就是說於無意識的習慣中，而生有意識的反省，乃把風俗中含的適宜性較大的習慣而鑄成共衆的有意識的信條，更加以哲理的與倫理的說明，遂變成民德。大概所謂民德者，就是當時社會中所謂最精當最便利的風俗。換言之，民俗之結晶便是民德。民德之成立，即爲人生哲學之濫觴。

因環境之不變，行爲之重複；在個人成爲習慣；在社會成爲風俗，前已言之矣。然能使風俗行之久遠者，賴有兩種條件：一神話，一故事。神話即是很古之歷史，因不知其來歷，便成神話了。神話在風俗中占有很大勢力，我國之普通風俗中百分之六十都爲神話所支配，最顯著者就是迷信的風俗；如樹有樹神，竈有竈神，路有路神，水有水神，病有瘟神，牛有牛神，馬有馬神。因此有祭樹的風俗祭竈的風俗，祭河大王之風俗，馬王牛馬瘟神等同有相當的祭祀的儀式。我們把風俗中迷信的歷史，加以詳細的推攷，無一不受神話的影響。孔德分歷史爲三

時期，神權時期，哲學時期，科學時期，觀我國現在之風俗，有一部分恐尙未脫神權時期也。故事就是成文或不成文之歷史，其影響之大小，視其刺激人的情緒強弱以爲度。刺激強者爲普徧之風俗，刺戟弱者爲一時一地之風俗。寒食節端陽節刺戟極強之故事也，而風俗所及之地域很大。吾鄉，人死了有出殃之說，蓋房子有擇吉避太歲之說；然吾鄉中有一個地方，人死不出殃，蓋房子不擇吉日，亦無凶煞禁忌；這是因爲[redacted]某人蓋房子不避太歲，死人不出殃的緣故；所以十口相傳，此地之殃被鷄子吃了，太歲怕[redacted]某人不敢爲災了；然其地方狠小，出了那個地方，就不能行。其他風俗因故事而傳久遠者，恐指不勝屈。歷史亦由故事發展而來，由歷史：而形成國民性，然所謂國民性者．指何者而言也？蓋不外於民俗民德而已。除民俗民德無國民性也。吾國六經皆史也，從六經中分化而產生民德。民德者包含人生哲學之綱要，可以爲壽世之民俗。孔孟老莊之書，支配吾國國民性者幾千年，歸根究底，亦歷史之勢力而已。如無古代之歷史，決不能產生，他們之思想與行爲也。

民德可產生典制，與法律，典制之成分有二：就是概念與組織。概念即理想意見宗旨趣味等，組織即搆造，所以維持概念而助之以手段，並供俸社會上之一切需要者也。典制有由無意而成者，有由規畫而成者。如吾國之禮法，有由於成俗與曲期，這是無意而成的。後來因為社會日益複雜，舊有之成憲不足應用，於是才有有意創立之典制，所謂禮以義起者也。蓋由歷史分化而成為民德，其性質尚容易活動與變遷，及其行用既久，觀念愈益明白確定，而作用愈益特殊。如宗教制度（吾國祭祖先之儀式西洋基督教之儀式皆是）遺產制度，皆先由習俗而後轉為典制。要之，諸種典制大都皆起自民俗，變為習尚，參以義理，便成民德。由民德而更進而固定之形式，不變之信條，就是典制。但是亦有根據既往之典制，略加變化以備世之急，應世之患，這是經過智慧與思考，可說是規畫之典制。怎麼說法律亦出於民德呢？我們考上古社會行為之規則只是習尚與誡禁。公定之法律始自思想發達以後，然仔細去攷查，仍是來自習慣不過略參以哲學原理而組織之，終不能離乎普通之習慣也。但是典制法律與民德有無差別呢？曰有。凡典制

法律都是注意於社會之實利，民德是注意於民衆之品性；常爲無意之規定，亦非必曰。如此可以有利於社會，如此可以適羣衆之性情也。法律之權力有限，而民德則徧布於日常生活中，施用於一切之裁判所不及之處，其統治權實沒有界限。且法律所禁者有形之事，而民德所及者多無形之事。故禮曰法禁已然之後，而禮施未然之先，此民德與法律不同之處也。

民俗民德之特性　上文說由民俗產生民德，由民德產生典制法律。因爲民俗民德之歷史較爲久遠，所以他的勢力格外雄厚，而守舊之性亦非常之大。要想加以改變，極不容易；人民爲舊位仰舊習俗所管理，幾乎使他不容有度外之思想。例如我國人纏足之風，實在是無有一點道理，但是到現在還有許多極明白其利害的人，依然不敢改掉；其他關於日常生活之禮俗，就是很有膽量的人，也不敢很大的違背；要是違背，必來很奇異之駭怪與責難。尊孔是我國的禮教，後來有人主張廢除春秋祭孔拜跪之典禮，康有爲就說要是不拜跪．孔子，要這兩膝有何用處。我們不用想，便知生兩膝不是專爲跪孔子而設，但是康有爲偏要如此說，我

們可知習俗之移人之勢力之大了。他能把我們關閉在社會中一種習俗禮法之下，使我們不能產生新的事業。要是有一二人感覺生活狀況之變更不欲故步自封，要想改變態度，那嗎社會中必把他看作洪水猛獸，看作國民公敵，想種種方法去謀害他。夫民俗民德既有如此牢不可破之堅壁，所以社會中恒因新生活與舊習慣不相容而起許多無謂之紛爭，而社會羣衆之行爲恒不能與新思想取一致之態度，此則民俗民德之流弊也。總之，適宜之民俗民德，足以維持社會之秩序，使之有安寧的生活，違時之民俗民德足以阻礙進步的思想，而爲反對新思想新生活的武器。

眞善美利的標準

以上所講，都是行爲的問題，其中最重要者有四；卽本能，我，思想，民俗與民德，是也。這四個問題我一一把他解決，除了赤裸裸一串習慣外，別的一無所有了。我們由此可以明白自古以來所起之爭論，都是由於不明白行爲—習慣—之性質的緣故；唯唯識宗以森羅萬象，山河大地都起於識，可謂獨見理極，實同

於我們說世界上只有刺激與反應而成爲行爲，由行爲而成爲習慣，直捷了當的拔去世人迷謬執着的習氣。這是我前幾次討論的目的。我們繼此討論眞善美利，亦可說是眞善美利的標準問題，卽是討論行爲是否有一個確定不授的眞善美利。眞僞的問題起源於吾人所感覺的現象，因爲此人見此現象，有如此如彼形色者，他人見此現象，或以爲又一種形色。卽此一人，因其見此現象時因緣不同，而現象之形色亦變。因此古今來學者對於眞之問題起可不少的爭論。大別之可分三派：卽理想派，實驗派，新實在論是也。黑格爾說：世界眞理由眞反合而進化，最後可以得到絕對的眞理。在昔理想派謂世界有絕對的眞理，到了近來實驗派出深爲反對其說。他們說世界絕沒有絕對的眞理，所謂眞理者不過是吾人應付環境之工具，環境時時改變，應付環境之工具亦必隨之改變，所謂眞理者當然亦必隨之而改變了，此可謂理想派之反也。昔柏拉圖謂世界有絕對之眞善美，新實在論對於他之絕對的善美的觀念不敢承認，而於絕對之眞則主張之。康德曾說二加二等於四，非眞是世界上有二加二等於四之物，不過因吾人心中有二加二等於四之觀念

，遂以爲物亦二加二等於四了。照新實在論者講起來，二加二等於四，不是心，亦不是物，實在是中立的。這種中立的東西，絕不因人而有變遷。如甲大於乙，乙大於丙，而丙必小於甲，這種數學上之公式，無論至於何時，決不會生變化。換言之，卽是這種公式可以永遠是眞的。此可算是理想派與實驗派之合了。然此雖可算是理想派與實驗主義者之合，但是實偏於理想派。在我個人看起來，實驗派與實在論的主張都有可取地方。按形式上而論，世界上固有絕對的眞理，如數學上最普徧之公式，論理學上全稱肯定的命題，不能謂其非眞。要是說到實質上，卻又因實驗科學之進化而呈顯著之不同。新實在論者所謂有絕對之眞者乃數理邏輯上所謂之眞也。實驗主義所謂無絕對之眞者，乃實質上所謂之眞也。因其立論者之觀察點不同，故有眞不眞之區別。吾則承認有形式上絕對之眞，而於實驗主義者一概不承認有眞者不敢苟同也。

善惡爲古今來聚訟最烈之問題，無論那一個哲學家都有他的至善論，但是各不相同，天下沒有絕對的普徧的善。善是由環境風俗習慣而產生的，在某種環境

某種情形某種條件之下，而行某種行爲可以謂之善；要是條件變了，環境變了善不善之觀念亦隨之而變。然環境却是時時刻刻在那裏變化，要是說世上有一定的善，怕是不可能的事吧？如日本人到了西洋看見希臘的裸體雕刻，他們便說是不道德；然日本人男女在一個澡塘的洗澡，他們反沒有什麼道德不道德的批評，這不是完全由於習慣之關係嗎？

我們把眞善的問題既一一加以解決，復次我們再討論美的問題。敎我看起來美的自身是沒有客觀的存在。換言之，就是說美也是產生於人類的習慣，人之習慣變了，他對於審美的觀念亦要隨之而變。西洋人所謂美人者，必定髮是金黃的，眼睛是碧藍的，眼窩是深深的，鼻子是高高的。吾國人所謂美人者，髮是黑的身體是纖弱綽約的，說話聲音是尖細的。而澳大利亞人之所謂美者，又與中國西洋大不相同。然則孰爲眞美孰不美乎？按實論之，都可謂美。蓋習慣不同，美亦異是，不得以吾之美非彼之美；亦不得以彼之美非吾之美；以習慣不同故也。

由此論之，美者亦生自習慣，除習慣外而討論美之本質，則爲妄謬；以美無

自性，亦是依他而起。章太炎分美爲七，最後即是法處所攝美。敎我看起來，他所謂淨，麗，韻，旨，芳，柔都不外法處所攝。法處所攝美者，便是依他所起之美也。

前謂章太炎分人生所好爲眞，善，美，勝，而吾不曰勝而謂之利者？誠以人之求上人，求勝人者，志不在求勝也，乃以勝後可以獲得生活上之美利也。考人對於利不利之分辨，都是由於個人之結習。吾人初騎自行車很覺不利便，迨成了習慣之後；操縱自如，則覺其便利矣。西人吃飯用刀叉，中國人吃飯用筷箸；倒底是刀叉便利呢？還是筷箸便利？恐怕很難下一個確定不移的斷案。又如日本人之和服木屐，在吾人看着很以爲拙笨，他們倒以爲很合適。由此一談，利與不利，完全由於人之習慣，確乎是無一點疑問了。

以上旣把眞善美利的問題逐漸討論，破除一般執着有一定標準之成見。夫眞善美利信爲人類所共趨，若說何者爲眞正之眞善美利，與之以確定之界說，實爲不可能之事實。本來眞善美利，都生於人之行爲；若爲便利說明起見則眞美可屬於知的方面，善利可屬於行的方面；知有兩種：一直覺之知，一理智之知。美術

家注重直覺之知，論理家偏於理智之知。論理學者所討論者爲眞的問題，眞亦有二：一曰論理的眞，卽普通的判斷；一曰歷史的眞卽特殊的判斷，此二者不能相混。由歷史中不能求普遍的眞，而論理中則可。上之所謂形式之眞僞與實質之眞僞者，蓋指倫理之眞與歷史之眞而言也。直覺之知與理智之知有顯然之區別。蓋直覺無是非當否之分，直覺所感的只有如此如彼，而無是此是彼。蓋是此是彼者，含有判斷之意思；既有判斷，便有比較，便有當否，便有是非；而所謂直覺者，舉無此性，故由直覺所生美之觀念，只有美而無眞。換言之，美者主觀融化於客觀之中；故人於感美時完全忘却自我，而與自然化合，並不含有判斷的性質。此直覺之知與理智之知不同之處也。論到行爲的方面亦有兩種：一功利的，一至善的。經濟學所討論者都是屬於個人利不利之問題，而社會學所討論者則屬於善不善之問題。凡有利於個人者，未必有利於社會，而在社會所謂善者，即可有利於個人。蓋善之中即含有利，而個人亦在社會之中也。由此觀之，以上四種科學都是討論人類行爲的科學，其他科學雖說也是討論人類的行爲，但是都由此四種

科學分化而成，此四種學科可爲一切科學之原質，例如：宗教學是由哲學文學和合而成的，哲學所講者是眞，而文學則屬於美學。又如政治學一大部分所講者爲一國之利，是屬於經濟學的，一小部分所講者爲社會之善，是屬於社會學的。

結論

吾於很短期講演中，想解決人類界很大的問題，實在很難把他加以詳細討論，使之一一無遺漏。然吾覺得人生在世上有限，而宇宙間之問題無窮；若一一都求解決，勢屬難能而不可貴。例如，吾人現在講演之地，一百年前曾有何人在此立過，在此坐過，在此作些什麼事情，也算一個問題；然即令有人能把此問題給我們一個圓滿證的答覆，雖說也是一種知識，但是未免有點務小而遺大了。我想世界上問題雖多，頂重要者也不過十幾個；吾此次所討論者，即此十幾個大問題中之一個也。吾對此問題雖說討論的未曾詳盡，但於諸君行爲上或許有不少的幫助。我本打算講完了行爲論，便講知識論；後來因爲大專門了，不合於通俗的講演，所以我又改個別的題目，這是我很抱歉的。

目錄

陝西在中國史上之位置

王桐齡

陝西爲中國開化最古之地，其在中國政治史文化史上，有數種特別關係。茲列舉於左：

一，陝西爲我先民由西方移居中國時：最先經由之路・最先占領之地。

二，陝西爲中國文化發源地。

三，陝西爲中國天子發祥地・凡憑藉陝西爲根據地起兵之英雄，多能剷滅羣雄，統一中國。

四，陝西之咸陽長安等地，爲中國首都凡九百七十年。

陝西何以能有華貴光榮之歷史？則以陝西地理有種種特別優秀之點・茲試將陝西現在之地理略舉於左，以爲研究陝西歷史之前提。

第一章　陝西之地勢

一，四至

東北以黃河與山西分界，東以潼關與河南分界，—崤山脈與終南山脈相連接—南以巴山山脈與四川分界，西以嶓冢山隴山六盤山脈與甘肅分界，北以橫山脈與綏遠分界。東南方面界劃極爲淸楚，西北方面界劃不大分明。東南方面之山脈河流頗極險要，西北方面之山脈河流較爲平坦。東南方面之山脈河流，在歷史上爲對漢族各國出入之門戶，西北方面之山脈河流，在歷史上爲對蒙族回族藏族各部落交通之孔道。

二，自然區域

陝西一省：南北長，東西狹，其山脈河流皆自西向東，山脈與河流相間，兩山脈中間夾一河流，兩河流中間夾一山脈。南部之山脈皆高大，愈北愈低平，南部之河流皆寬長，愈北愈狹小。南部之地勢雄壯，北部之地勢廣漠。茲試就山脈河流之自然區域劃分陝西爲六區，列舉於左，以供參考：

一，漢水流域　巴山山脈以北　秦嶺山脈以南

二，渭水流域　秦嶺山脈以北　岐山以南

三，涇水流域　岐山以北　荊山以南
四，北洛水流域　荊山以北　梁山以南
五，延水流域　梁山以北　橫山以南
六，大理河無定河流域　橫山以北
漢水流域爲漢中平原，渭水流域爲關中平原，以上二處皆大平原，其餘各流域：多小平原，或谷地。
陝西河流皆自西向東，中間有山脈隔斷之，故南部北部之河流不相聯絡，不能調節氣候，雙方之風俗習慣，受天然限制，南北各異。
就山川之自然形勢劃分之：秦嶺山脈爲天然界限，中分陝西爲二部。南部氣候較溫和，北部氣候較寒冷；南部風少，北部風多，南部雨量較豐盈，北部雨量甚缺乏；南部多森林，北部多童山；南部多泉水河，北部多雨水河；南部多種稻，北部多種麥；南部之人食米，北部之人食麵；南部之人睡床，北部之人睡炕；南部之交通機關用船與轎，北部之交通機關用車與騎；南部之人出恭用馬桶，北

部之人出恭用糞坑；南部房屋較爲華麗，北部房屋較爲樸素；南部風俗較爲奢侈，北部風俗較爲儉約；南部之人較爲開通，北部之人較爲固陋；南部之言語風俗，近於四川湖北，北部之言語風俗，近於山西河南。

三，政治區域

就山川自然形勢劃分之：秦嶺山脈以南，天然爲一特別區域，以漢水爲交通機關，與湖北北部相聯絡。唐初分天下爲十道時：分陝西南部湖北北部爲一區．—陝西漢中道湖北襄陽道即漢水流域全部— 其分區法極爲自然。現在併漢水上流流域於陝西省，係承襲元明淸舊制，其分區法極不自然。茲試將當代政治區域及歷史上之政治區域列舉於左．以供參考：

甲，當代政治區域

秦嶺山脈以南漢水流域爲漢中道，秦嶺山脈以北渭水流域涇水流域及北洛水下流流域爲關中道．荊山梁山以北北洛水上流流域延水流域及大理河無定河流域爲榆林道。

乙，歷史上之政治區域

禹貢：漢中道隸梁州，關中道榆林道隸雍州。

戰國時代：漢中道屬楚，關中道屬秦，榆林道屬魏。

秦始皇帝時：分天下爲三十六郡，漢中道爲漢中郡，關中道爲內史郡，榆林道爲上郡。

漢武帝時：分天下爲十三部，漢中道隸益州刺史部，關中道隸司隸校尉部，榆林道隸并州刺史部。

三國時代：漢中道屬蜀，關中道榆林道屬魏。

晉武帝滅吳以後：分天下爲十九州，漢中道隸梁州，關中道榆林道隸雍州。

南北朝時代：漢中道屬南朝，關中道榆林道屬北朝。

唐興：分天下爲十道，漢中道隸山南道，關中道榆林道隸關內道。

宋初：分天下爲十五路，漢中道隸四川路，關中道及榆林道南部隸陝西路。

南宋時：漢中道屬宋，關中道及榆林道南部屬金，榆林道北部屬夏。

元初：分天下爲十一行中書省．三道俱隸陝西行中書省。

明初：分天下爲十三承宣布政使司，三道俱隸陝西承宣布政使司。

清初：分天下爲二十二省．三道俱隸陝西省。

民國成立：因元明清舊制，劃分三道俱隸陝西省，最爲現在政治區域之起原。

第二章　陝西在中國文化史上所占之位置

陝西爲中國文化發源地之一．文化發源地之簡單條件，大略如左：

一，氣候—溫和

二，土地
- 甲，土脈肥沃　宜於農桑
- 乙，河流錯雜　便於交通或灌溉
- 丙，幅隕遼闊　可以供給多數人口之增殖

申言之：卽緯度宜在亞熱帶或溫帶之中，地形爲一大平原，中有大河流貫其中，足供多數人口之繁殖者；是也。試以左列條件按之於東半球首先開化之國家．列表於左，以供參考：

國名	氣候	土地
埃及	熱帶	尼羅河流域平原
美索波達米亞	亞熱帶	歐夫拉底士河底格里士河流域大平原
印度	亞熱帶	恒河印度河流域大平原
中國	溫帶	黃河流域大平原

中國文化發源雖爲黃河流域・因其時代之先後，可分爲三處。

一，黃河下流流域・即淮水北岸之潁水，肥水，汶水，沂水等河流域・伏羲・神農以前之漢族分布地。

二，黃河中流流域・即河南之汴水，洛水，河北之沁水，河東之汾水等河流域・黃帝，少昊，顓頊，帝嚳，唐，虞，夏・商時代之漢族分布地。

三，黃河上流流域・即陝西之涇水，渭水流域・周代漢族分布地。

陝西所以能發生文化之原因如左：

一，渭水流域之氣候，寒暖適中。

二，渭水流域皆黃土層，土脈肥沃，宜於農業。

三，渭水流域爲一大平原，可以容多數人口之繁殖。

四，涇水，漆水，沮水，灃水，灞水，滻水等河交流其中，可利用之以灌溉，或交通。

陝西在中國文化上發明之創造品甚多，茲試簡單列舉其最著名者於左以供參考：

一，著作

甲，周易一小部分。周易十翼之中，彖爲文王所作，象爲周公所作，此儒教書籍中研究哲學者之始。

乙，尙書一大部分。周書全體，虞書及夏書之禹貢，似亦周初所作，大體係政府公報體裁，然中國最古之史書實始於此，禹貢則周初之地方志也。

丙，詩經一大部分。國風中之周南：除去喬木篇爲湖北人所作，汝墳篇爲河南人所作外；其餘似皆陝西人所作。召南：除去江有汜篇爲湖北人所作外，其餘亦大概係陝西人所作。王風中當有一小部分，爲陝西出身之遺老隨

周平王東遷洛陽者所作。豳風全體，大雅全體，周頌全體，皆陝西人所作。此爲中國韻文之始。——前此僅有卿雲歌康衢謠等數篇而已——在中國文學史上，占最重要位置。

丁，周禮。此爲周朝法典。爲以後中國歷代政府所遵守，其所創之六官制度，至清末年始改革。奄人制度，至清亡後始廢止。

戊，通典。唐宰相杜佑著。爲研究中國文化史者之重要參考書。

己，鳩摩羅什，玄奘所譯之佛教經典。鳩摩羅什龜茲人，玄奘陝留人，皆非陝西人也。然主動者一爲後秦君主姚興。一爲唐太宗及高宗。幫助者爲當時政府。完成此大事業實在長安。此爲佛教經典集大成之始。後來之研究佛教哲學者皆祖述之。

此外著述甚多。茲不具述。

二，制度

甲，郡縣制度。秦始皇統一六國後。廢封建。設郡縣。是爲中國政府中央集

權之始。

乙，頒田制度。井田之法，孟子僅有此理想・周代迄未能實行。西魏宇文泰當國：摹倣周制創行之・有唐初年重加修改，法乃大備・爲實行均貧富之良法。

丙，徵兵制度。亦宇文泰所創・行於西魏・北周因之・唐初加以修改，法乃大備・爲近世歐洲列強所祖述。

此外良法尚多・茲不具述。

三，建築

甲，宮闕。秦之阿房宮，甘泉宮，望夷宮，漢之長樂宮，未央宮・建章宮・隋之大興宮・唐之西內太極宮，東內大明宮，大安宮，華淸宮。

乙，苑囿。周之靈臺，靈沼・靈囿・漢之上林苑，昆明池，博望苑・樂遊苑・隋之芙蓉園・—古曲江—唐之禁苑，東內苑及凝碧池。

丙，祠宇寺觀。周秦以前之三皇祠・成湯廟，文武成康祠，老子祠・漢之五

嶽廟，高帝廟，武帝廟．晉之草堂寺．｜鳩摩羅什譯經處｜隋之大崇仁寺，唐之安慶寺，慈恩寺，興教寺，｜二寺皆玄奘譯經處｜薦福寺．宋之寇萊公祠，范文正公祠，張子祠，太平興國觀．元之二郎廟，圓通寺。

丁，陵墓。周之文王陵，武王陵，成王陵，康王陵，穆王陵，幽王陵，周公墓．戰國時藺相如墓．秦始皇帝陵，二世皇帝陵．漢高帝長陵，文帝霸陵，武帝茂陵，昭帝平陵，宣帝杜陵，平帝康陵，韓信墓，陳平墓，霍光墓．唐高祖獻陵，太宗昭陵，肅宗建陵，代宗文陵，楊貴妃墓，柳公綽墓，李國貞墓，宋寇準墓。

此外尚有最大建築物一座，即歷史上最著名之萬里長城，其基址不盡在陝西。其工程亦非盡出於陝西人之手．然發縱指示者爲秦始皇．監工員爲蒙恬．此空前絕後之大建築，實陝西人之心血造成者也。

四，器具　筆爲蒙恬所造，此最有功於中國文化者也。

歷史上陝西之文化，誠爲光輝燦爛．現在陝西之文化如何？此讀者諸君所急

欲問者也。著者對於陝西無豐富經驗．茲試就著者到陝以後十餘日之中，目所見，耳所聞及心所感觸者；略舉於左．以供參考：

一，實業方面

甲，農業不發達。渭水流域本農業國，周秦以來久已發達。現在多數之士大夫既不研究農學，僅山野農夫抱殘守缺，保守古來之舊習慣，毫無改良及深造。較之古代，只有退步，並無進步。

乙，林業不發達。各山脈皆童山．建築材料及燃料俱感缺乏。

丙，工業不發達。機器工業尚未輸入，即固有之手工，亦只保守古來舊法．毫無發展及深造。

丁，商業不發達。交通不便，運價太貴，洋貨及各省土貨之輸入，本省土貨之輸出，俱感困難。

二．教育方面

甲，研究新學之人太缺乏。

乙，整理舊學之人亦缺乏。

丙，著作品缺乏。

丁，譯述品亦缺乏。

戊，日報及雜誌缺乏。現在僅有實業廳辦之實業雜誌及實業會之實業淺說二種，日報僅有六種，一，建西日報，二，新秦日報，三，陝西日報，四，民生日報，五，旭報，六，平報。其內容多係翦裁京津滬各報紙湊成，關於陝西本省之特別記事及論說較少。銷數極不暢旺，多者三四百份，少者數十份而已。

己，出版所及印刷所缺乏。現在尙無出版所，印刷所之能印報紙者，僅有三處。一，教育圖書社，（教育廳辦）二，藝林印書社，三，新秦日報社。此外小印刷所，只能印廣告傳單，不足數也。

庚，教員缺乏。本省人材不足，專門以上學校之教員，多係借材異地。又因交通不便關係，本省之畢業於外國大學之學生，多在交通便利之外省就學

·不肯回本省。

辛，學校缺乏。

三，市政方面

甲，建築。陝西長安爲中國故都，間有數百年前建築·—如臥龍巷之臥龍寺化覺巷之清眞寺　大學習巷之清眞寺等—頗莊嚴瑰麗，偉大可觀。然此種古建築，現存者絕少。新建築之房屋：因木材缺乏。故梁棟椽柱多用楊木·因石灰缺乏，故多用黃土塗壁·因燃料缺乏，磚瓦價昂，故院牆屋壁多用土坯替代。既缺美觀，又難耐久·官衙學校皆如此·不獨民居也。

乙，道路。陝西長安爲中國故都，街道較爲寬闊·然新式之馬路尙未動工·舊有之路分二種：大街皆石路·用長四五尺寬二三尺之大石砌成，多係數百年前舊物·高低凹凸不平，車行顚播特甚。小巷皆土路，多坑坎，遇風則揚灰沙，下雨則成泥濘·行人裹足。

丙，交通器具。城內之交通器具，約有六種。一，單套騾車·係普通中等以

上之人—陝西官場不用轎省長以下皆乘車—所用·但行石路則顛播殊甚，且時間不大經濟。二，人力車·行路較快，且不大顛播，但道路太壞，雨天人力車不能行。三，轎，賃價太昂，行路又不甚快，時間金錢俱不經濟·故用者絕少。四，大車，五，二套轎車·六，小手車·三者皆用以載貨，行人乘之者絕少。气車僅督署及各師旅長各有數輛·用以作遠路之交通機關，平時不用也。

丁，通俗教育。全城僅有教育圖書館一處·—在南院門—通俗圖書館一處·—在北大街—通俗講演所一處。—在北門內雷神廟門—閱報社僅有四處·附屬在兩圖書館，陝西實業會·及碑林內。

戊，衛生設備

一，醫院。防疫機關尚無·醫院共有數處·——陸軍醫院　官立　二，宏仁醫院　地方團體立　三，關中製藥社　團體立　四，大生醫院　私立　五，競爽醫院　私立　六，廣濟醫院　私立　七，廣仁醫院　教會立

｜　但除去陸軍及廣仁醫院外．規模俱甚小。

一，飲料水。自來水尙無有．新式之洋井，僅有數處．｜一，督軍公署　二，紅十字會　三，西北大學　四，西華門　五，東門外｜但水鹼不適用。其餘概用舊式井，水內含有硝質，於衛生殊不相宜，洗衣服亦多不潔。惟西門外甕城內路北有甜水井一，水源甚旺，足供多數人用。

三，下水道。地溝尙欠疏通，雨後時存積水。

四，排泄物。路旁雖有官中厠，但稍僻靜之處，常有人隨便出恭。路旁多尿坑及穢水坑，行人過者掩鼻。穢土廢料｜如瓜皮果核等｜隨便棄置於道旁，蒼蠅繁殖其中，爲各種傳染病之媒介。

己，警政。警政內容多未詳，僅有一二事可識：

一，路燈。大街僅有數盞，小巷尙無。

二，消防。無水龍及消防隊之設置．大街各有太平水缸數個．小巷尙無。

庚，慈善事業。官立者有育嬰堂，卹嫠局，殘廢軍人教養院．殘肢留養局各

一處・地方團體立者，有孤兒院，婦孺教養院各一處・但規模俱不大宏敞。

辛娛樂機關。

一，公園。僅有南院門一處，與圖書館在一院內，規模狹小無足觀。但其中用花樹造成陝西地圖一幅，頗具美術及科學思想。

二，戲園。有易俗社，共樂社，三意社，萬福社，正俗社五處・皆秦腔。惟共樂社兼演二簧。易俗社爲本地士大夫所組織，不專以營業爲目的・其內容頗有種種特色・茲列舉之於左：

A，股東半含捐助性質　每年不分紅利。

B，前臺脚色，薪水極廉・即大名鼎鼎號稱臺柱子之劉箴俗，劉迪民，王安民，蘇牗民等，月薪僅制錢五六十串・一合大洋二十元以下一無北京捧角之惡習。

C，後臺經理人，半帶義務性質・除去教師外，薪水皆極廉・或竟無

有。

D對於全社學徒，以學生禮待遇，除教戲劇以外，並授以普通常識及日用必需之技術。將來若不願作伶人，亦可就他種職業·無北京窮伶終身跑龍套之苦楚。

E，社員出演時，一毫不苟，一絲不懈，雖作配角跑龍套之人，亦精神圓滿，無懈可擊。

F，社內行頭極華麗，全體社員俱用社內行頭，無北京名伶自帶行頭之流弊。

G，社內有講堂·有寄宿社·全體社員住社內·——家住城內者爲例外——下臺以後上課。漢文淸通者，能作三四百字以上文章·無北京窮伶目不識丁之苦楚。

因以上原因，故社內頗有財產·社基漸鞏固矣。

三，電影。青年會偶一演之·但不能常演·尙無特設之電影館。

四，妓院。公娼無有，聞私娼甚多。

此外若動植物園博物館等之高尚娛樂品，尚未着手籌備，落子館亦尚無有，社會太單調，故一般下等娛樂品，若賭博鴉片等；頗受一部分人歡迎。

壬，電氣工業。長安城內，僅有電燈電話及電報局，規模俱不甚宏敞，此外一切電氣工業尚無有。

四，交通機關方面

甲，火車路。隴海鉄路僅修到河南陝縣，以西尚無有。

乙，長途汽車路。僅由長安修到潼關，汽車由去年開行，因路途不平，一多為重載大車所毀壞，車多破損。新購之汽車尚未到，故現在停駛，僅有人力車通行。

丙，電車路。尚無有。

丁，大車路。甚崎嶇。可行單套騾車，二套轎車，及重載大車，但顛播殊甚，每日至多不過行百里。除去秦嶺山脈以外，陝西全省大路皆可行車。轎

子亦有．但除去漢中以外，不大通行。

戊，河流。渭水黃河皆可行船，順流而下遇順風，每日可行百餘里．由草灘——在長安城北距城三十里——至陝州，——約四百餘里——約二日半可到。逆流而上遇逆風，每日僅行十餘里．由陝至潼僅一百八十里．著者來時共行四日。

己，郵政。甚遲滯，由長安達北京之信，平時行七日。

庚，電報。不甚發達．電杆甚矮小．皆用楊木。

五，宗教方面

僧尼喇嘛寺，道觀，雖隨處皆有．但除去最小數之高僧外，多係解決個人麵包問題，不以研究宗教為目的。清眞寺長安城內共有七處．寺內多附屬舊式義塾，教兒童以阿剌伯文字之可蘭經。外國人所創立者．有浸禮會，聖公會，青年會等；尙與知識階級接近。

六，風俗方面

甲．衣。甚樸素．除去政界以外，皆穿布不穿綢．軍人教員大商人皆然，不獨細民也。

乙，食。一般之人食小麥粉．較直隸人之食玉蜀黍小米，奉天人之食高粱者；食品尚優．惟由外輸入之食品太貴．一般人不能享用。｜汽水一瓶索價大洋七八角｜

丙，住。房屋院落尚宏敞．惟房屋多土壁．院落多土牆．城外之人，間有住窰者。

丁，嗜好。捲煙水煙甚流行．鴉片賭博，亦尚未能絕對禁止。

戊，信仰。科學知識尚薄弱，迷信尚流行，占卦，相面，看八字，看陰陽風水之小攤．長安城內頗不少。

己，女子問題。尚認爲男子之附屬品，平日不許出門。社會中公開之職業，不許女子加入。纏足者尚多．亦甚纖小。長安市街，不見女子踪跡．故與余同來之友，幾有投身入光棍堂之感焉。

七，古物方面

歷代宮殿苑囿陵墓寺觀，大半破壞，或尙存一部分．—如慈恩寺之大雁塔薦福寺之小雁塔等—或僅存其基址，—如弘福寺青龍寺遺址— 或基址全無．—此類甚多卽文王之豐武王之鎬成王以後之宗周亦在此例— 所謂古蹟，大半有名無實。古器具若石碑石人石馬等．半爲官吏或人民所盜賣，半爲外國人或外省人—以古董商爲多—收買或偸竊以去。碑林— 在南門內保存歷代之石碑—內收容之石碑，名爲保存，實則每日受販賣碑帖之商人捶擊，日久則字跡漸銷滅。明淸以來不甚著名之石碑，多爲本城石頭鋪收買．改大爲小．作爲新碑出售。

此外若古代制度，古代著作等；現在保存者固甚多．然此係中國全國人之精神所維持．非陝西一省人之力量也。

陝西文化退步之原因，以著者個人推測所及，述之於左：

一，森林斬伐之結果

中國無林學知識、對於森林，有斬伐，無培植。自周秦以來，陝西久已開化，人口繁殖、建築及燃料所需之木材甚多、保護林絕無、森林斬伐遂盡。因而水準面低下，水源地涸竭，泉水河變爲雨水河、夏秋泛濫，流入河南河北境內，—陝西地勢高，水流急，故不爲本省之害— 爲農田之害、冬春涸竭，不能利用之以灌溉、或交通。陝西距海遠、黃海及渤海灣之水蒸氣，非有大東風，不能飛至陝西。偶爾有大東風，又往往通過陝西、飛入甘肅境內。故非大熱之後，有大東風，隨轉西風，不能降雨。非水蒸氣騰至最高處，不能越過太行外方二山脈，則雨將落於直隸山西河南境內。偶爾騰至過高處、又將變爲冰雹。故陝西盼雨甚難，地方不耐旱、歷史上所載大饑人相食之事，陝西甚多。

二、人民苟安之結果

中國爲內亂頻繁之國，陝西又爲外族侵入必爭之區、北有蒙古民族，西北有突厥民族，西南有西藏民族，屢相侵擾，歷史上無百年不戰之事。故官吏存

五日京兆之心，人民有得過且過之想，不肯積極的研究，或整理。

三，中國首都遷移之結果

陝西交通不便，輸入輸出甚難，漢唐以國家全力經營之，僅得維持局面。自隋開運河，而中國之中心點移於開封．女眞，蒙古，滿洲侵入中原，而中國之中心點移於北京．陝西僻處西方，非全國精華會萃之區，歷代君主及政府，不肯積極的用全力維持．故舊有之物質文化，逐漸退步。

第二章　陝西在中國政治史上所占之位置

陝西為中國帝王發祥地之一，帝王發祥地之簡單條件，大略如左：

一，民族：：性情慓悍，富於團結力，富於服從性。

二，地勢：：為大平原，中央有河，便於交通，四圍有山，便於扼守。

三，氣候：：寒暑不甚烈，熱帶之人懶惰，寒帶之人委瑣，不能出偉大人物。

中國境內之帝王發祥地如左

一，渭水流域　周，秦，及北周

二，淮水流域　漢，劉宋，明。

三，漢水流域　東漢。

四，汾水流域　唐，後唐，後晉，後漢。

五，黃河套　南匈奴，前趙，夏，西夏。

六，錫拉木倫老哈木倫流域　東胡，鮮卑，契丹。

七，牡丹江松花江流域　渤海，女眞。

八，鴨綠江流域　箕氏朝鮮，衞氏朝鮮，高勾麗，滿洲。

九，斡難河克魯倫河流域　蒙古。

十，圖拉河鄂爾渾流域　匈奴。

渭水流域所以能爲帝王發祥地之原因如左：

一，陝西民風強悍，富於團結力及服從性。—請觀春秋戰國時代之秦風—

二，渭水流域，爲中國本部一大平原；中央有涇，渭，漆，沮等水；便於灌溉及交通。東有崤山，南有秦嶺及巴山，西有嶓冢山，隴山及六盤山；北有陰

山及賀蘭山，便於扼守。

陝西在中國政治史上之位置・茲分代述之於左：

一，周室勃興時代之陝西

唐虞夏商時代：陝西在政治史上，無甚重要關係。然太古時代，我先民由帕米爾高原東下時：實先到陝西・且經由陝西，始到河南河北也。周室勃興・憑藉陝西為根據地，東向以滅商，是為陝西漢族征服中國全國之始。當時周之與國，為庸蜀羌髳微盧彭濮八國，皆西方民族。周之敵國，為奄與淮夷徐戎等五十餘國・皆東方民族也。周室舊根據地，本在關中道西北部涇水南岸之邠縣・後來因避蒙古民族玁狁人之騷擾，遷到關中道西部渭水北岸之岐山縣。周之先人古公亶父、周公季歷、西伯昌，皆英主・先取漢中，徇漢水江水流域，皆下之。昌之子武王發，遂因人心之厭亂，滅商而有天下・遷都於咸陽。—文王都豐，武王都鎬，成王以後都宗周，皆在咸陽境內—可是此時陝西北部，已有蒙古民族之玁狁—即玁狁—雜居・西部已有西藏民族之犬戎雜居・時常侵擾周室。到了西周晚年

，幽王在位無道，犬戎遂攻破宗周，弒王於驪山下，西周亡。凡傳十二世，三百五十一年。是爲漢族君主爲異族殺害之始。

二，秦室勃興時代之陝西　崤函對陝西之關係　漢中在陝西之價値

當時西方有一小侯國曰秦，秦之根據地，原在甘肅渭川道天水縣，後移陝西關中道寶雞縣。周幽王既被弒，子平王即位，棄了陝西，東遷洛陽。臨行時，以西周畿內封秦襄公，命圖恢復。襄公及其子文公皆英主，與犬戎相持二十年，遂破戎兵，恢復西周舊地。從此以後—秦累世多英主，在陝甘境內擴張勢力，蠶食戎人部落。傳到第九代之君主穆公，遂兼併西戎二十國，創立大國，號稱五霸之一。於是秦之根據地漸鞏固，遂東下爭霸於中原。

秦之勢力範圍直抵潼關，潼關以西，爲陝西之渭水流域平原，以東爲河南之崤山山脈北麓。自潼關東下，經閿鄉縣，靈寶縣，凡一百八十里，而至陝縣。閿鄉之東，靈寶之西，有谷道數十里，兩旁峭壁插天，中有一路可通行人，是爲函

谷關。由陝縣東下，經過張茅鎮，峽石驛，凡一百二十里，而至觀音堂・中間亦有谷道數十里・其險峻與函谷關等・古所謂崤函之險者是也。春秋時代：此地屬晉・秦人東下・屢在此地爲晉所敗・卒不能達到窺河南目的。到了戰國時代：三家分晉・此地屬魏。秦第二十六代君主惠文王在位—使張儀將兵伐魏・取黃河北岸之蒲陽。—今山西河東道蒲縣—事在周顯王四十一年西歷紀元前三二八年—越四年：—周顯王四十五年西曆紀元前三二四。七年—由山西南渡河・取陝。守函谷關之魏兵，後路斷絕，不攻自破・於是崤函之險入於秦。秦人出兵函谷關，東窺洛陽平原，包東周於勢力範圍內・在河南開封道新鄭縣建都之韓，在開封縣建都之魏，皆自危。韓在魏西，先被秦禍・乃悉國內重兵西守宜陽・—今縣名在洛陽西南—扼秦人東下之路。周赧王八年：秦左丞相甘茂，悉國內重兵攻宜陽・圍困一年・拔之・於是韓人西門之鎖鑰破。韓人乃以重兵守洛陽城南之伊闕山脈・魏亦顧念大局，發兵助守。周赧王二十三年：秦左更白起，大破韓魏聯軍於伊闕・斬首二十四萬・拔五城・於是第一層要塞又破。秦人勢力包洛陽平原東下・直抵虎牢

關，汜水關，韓魏西境無險可守·大局遂不可爲矣。
秦人既得志於東·遂分兵南越秦嶺山脈·經略漢水流域。周赧王三年：—西曆紀元前三一三年—秦庶長章大破楚師於丹陽·—丹水之陽在今漢中道商南縣境內—虜其大將屈匄·乘勝發兵南下，取漢中·於是漢水上流之地入於秦。周愼靚王五年：四川東部建國之巴，西部建國之蜀相攻·俱告急於秦。秦惠文王從司馬錯計，起兵伐蜀·滅之·於是揚子江上流亦入於秦。秦人盡據江漢上流·乘高屋建瓴之勢·東向以臨楚·楚之西境無險可守·大勢遂不能支。至秦第三十一代君主始皇帝在位之時：遂盡滅關東六國、統一中國·是爲第二次憑藉陝西建立帝國者。可是始皇帝對內對外政策·全用高壓手段執行·引起人民惡感。二世皇帝昏庸暴虐，爲宦官趙高所弒。故秦統一列國後：僅傳三世，十五年而亡·遂變爲楚漢競爭之天下。
秦室統一中國之原因如左：
一，秦居關中，據上游，扼地勢之要害。

二，秦居西北，與戎狄爲鄰．生在競爭之結果，民風尙武．民氣勝於六國。

三，秦歷代多英主．能招賢才而登庸之．不拘資格．不論親故．故能吸收六國之人才使爲己用。

四，秦之對外政策．有一定之方針，歷代皆循此預定之方針進行．不輕易變更．與六國之朝秦暮楚，無一定之見解，動輒受人愚弄者異。

根據以上第一條，知陝西地勢之形勝．第二條知陝西民風之尙武．第四條知陝西士氣之沈着．凡此皆與陝西地理有密切關係者也。

二，楚漢戰爭時代之陝西

始皇崩後．中原大亂．六國遺民羣起叛秦。當時淮水流域有兩位英雄．一名劉邦．一名項籍．率領楚國遺民滅秦。項籍兵強．自爲盟主．任意瓜分天下．封建諸侯。自立爲西楚霸王．王淮水流域九郡．都彭城。—今江蘇徐海道銅山縣—而立劉邦爲漢王．王巴蜀漢中．都南鄭。—今陝西漢中道南鄭縣—分秦嶺山脈以北秦之故地．王秦三降將．以塞漢王北上之路。漢王以韓信爲大將．征服三秦。

留丞相蕭何守陝西，自引大兵東下，略定河南河北．與項籍相持於榮陽成皋（今河南開封道榮陽縣汜水縣一帶）間。苦戰五年，卒滅項籍．統一中國．是爲第三次憑藉陝西建立帝國者。計楚漢興亡之原因如左：

一，漢高帝出身微賤，久經患難，備嘗艱苦，通達世事人情，有籠絡人才手段，駕馭羣雄能力。項籍起家貴族，年少，性暴，不知世故，無知人之能力，無將將之手腕．僅有一范增而不能用．故卒無成功。

二，漢之根據地在陝西，據山河形勢，東向以臨天下．其勢易。楚之根據地在江北，據淮水下流，西向以爭天下．其勢難。

三，漢高帝困守榮陽成皋間數年，而其大將韓信所將之偏師，已略定山西河北山東．收各處兵馬，由北東南三方面夾擊楚。項籍攻圍榮陽成皋數年．而其淮北之根據地，數爲漢將彭越所襲擊．猛將勁卒多戰沒．諸將多怨叛．籍數數回救根本．疲於奔命。

四，漢兵困守榮陽成皋．取敖倉粟以給軍．故糧足而軍氣壯。楚之積聚數被彭

越焚掠．故粮乏而士苦飢。

五，項籍弒義帝，天下所共憤，漢高帝號召諸侯，爲義帝討項籍，羣情之所歸。

六，漢高帝寬厚，民心趨向，項籍驕暴，民心厭惡。

根據以上第二條，可以知陝西地勢之形勝。

四，匈奴侵入時代之陝西　綏遠對陝西之關係

自漢高帝統一中國後，傳十三世，二百一十年，而爲王莽所滅。王莽篡位後，經過十六年，而爲光武帝所滅。陝西長安爲中國首都凡二百二十六年．中間雖屢有變亂．然大體總算小康。渭水流域爲中國政治上及文化上之中心點．聲名文物，卓然可觀。可是蒙古民族所建立之匈奴國人時常來騷擾．匈奴爲獯鬻玁狁之後．其根據地在外蒙古中部，其勢力範圍伸張到綏遠及甘肅北部。—寧夏甘涼安肅三道—陝西關中道之南有秦嶺山脈，漢中道之南有巴山山脈，其形勢爲險要，界劃極爲分明。榆林道之北爲河套平原．黃河經流其間，灌漑區域頗廣，土脈肥

沃，宜於農業及牧畜。其北爲陰山山脈，西爲賀蘭山脈，有險要可以扼守，宜於殖民或屯田。而河套平原與楡林道中間，僅有橫山一矮山脈，無定河一小河流，地勢平衍，無險要可扼守。故在陝西建都之國家，欲守陝西，不能不守綏遠。秦始皇統一中國後；曾遣大將蒙恬，擊走匈奴—收復綏遠，分爲雲中—今綏遠東部—九原—今綏遠西部—二郡。楚漢戰爭之際：匈奴乘中國內亂，復據綏遠，由西北兩方面侵擾陝西，高惠文景四帝在位時代，中國疲於奔命。不得已，用和親政策羈縻之，匈奴仍時常來侵寇。武帝在位；以衛青霍去病爲大將，擊敗匈奴兵。元朔二年，—西歷紀元前一二七年—取綏遠，置朔方—今綏遠西部及甘肅寧夏道—新秦中—今綏遠中部—郡。元狩二年，—西歷紀元前一二一年—取甘肅西北部，置武威張掖—二郡即今甘涼道—酒泉燉煌—二郡即今安肅道—四郡。於是陝甘西境有險可守，漢廷始安枕矣。

宣帝在位：匈奴內亂，五單于—匈奴君主之稱—爭立。當時有一名呼韓邪單于者：借重漢室威靈，統一國內，稱臣納貢，身自入朝，娶元帝後宮良家子歷史

上有名之美人王嬙爲閼氏．｜匈奴皇后之稱｜是爲匈奴君主稱臣納質於中國之始。光武中興以後；匈奴內亂，中分爲二。南匈奴降漢．內徙五原．｜今綏遠五原縣｜於是匈奴人復雜居綏遠．山陝北境無險可守。當時中國武力甚強．朝廷置渡遼將軍，使匈奴中郎將，屯兵於河套以監護南匈奴．因此匈奴不敢蠢動。到了三國時代：中國內亂，血戰數十年，漢族筋疲力竭，匈奴遺族之劉淵乘機作亂，五胡亂華之禍從此始矣。

五，漢魏對峙時代之陝西　秦嶺山脈在戰爭時之價值

三國時代：漢中道屬蜀．關中道以北屬魏．雙方以秦嶺山脈爲界。蜀漢丞相諸葛亮屢出兵經略渭水流域，謀恢復中原．未及成功而亮卒。蜀卒爲魏所滅．魏旋爲晉所篡．晉復滅吳．統一中國。當時陝西爲戰爭之場．在文化上無大發展。然諸葛亮屢次伐魏，未能成功．實以轉餉艱難之故。鍾會平行入漢中．實因蜀兵卻屯漢壽．分屯漢城｜今漢中道沔縣｜樂城．｜今漢中道城固縣南｜不守陽平關之故。秦嶺山脈在戰爭上價値概可知矣。

六，五胡亂華時代之陝西　匈奴鮮卑氐羌之割據

晉室統一中國之後：武帝荒淫·惠帝庸暗·賈后淫虐·弑姑·殺子·翦除異己之大臣·引起八王之亂。宗室諸王自相殘殺·前後互十六年·黃河流域民不堪命。匈奴遺族劉淵乘機內犯·攻據山西平陽·自稱漢帝。其子聰在位·攻破洛陽·弑晉懷帝·復攻破長安·弑晉愍帝。其姪曜遷都長安·改國號趙，是爲前趙。於是陝西中部北部皆爲匈奴人所有。劉曜旋爲其部將石勒所滅·於是陝西入於後趙。石氏衰亡以後：氐人符健據陝西·國號秦·—是爲前秦·於是陝西入於西藏民族之手。其姪堅統一黃河流域·於是長安復爲中國北部首都·前秦衰亡之後：陝西入於西藏民族羌人姚萇之手·國號秦·是爲後秦。東晉末年：宋武帝劉裕爲大將·率師滅後秦·恢復陝西。班師以後：旋爲劉淵遺族赫連勃勃所陷·國號夏·於是陝西復入於匈奴人之手。夏旋爲拓拔魏所滅·陝西入於通古斯蒙古混血族鮮卑人之手·黃河流域復歸於一統·陝西內地復得小休矣。

七，南北朝時代之漢中

自劉淵叛晋以來：陝西中部北部爲匈奴氏羌鮮卑人競爭之場，文化當然退步。劉淵赫連勃勃拓拔魏之根據地，皆在綏遠一帶，故侵入陝西甚易。而漢中道僻處秦嶺以南，始終附屬於楊子江流域建國之國家，——初爲巴氏成李氏所陷　後爲東晉所恢復——未入於北方民族之手。自此以後：經過南北朝時代，前後二百年間，——東晋初年至梁初年——漢中道大抵在南朝之手。梁武帝天監四年，——西歷紀元五〇五年——後魏乘南朝內亂，取漢中。梁元帝承聖二年，——西歷紀元五五三年——西魏復乘梁室內亂，取成都。於是楊子江漢水上流流域皆入於北朝，南朝亡國北朝混一之機伏於是矣。

八，隋唐時代之陝西　陝西與甘肅之關係

後魏分列以後：西魏以長安爲前都，宇文氏據此爲根據地，東滅北齊。隋室篡周，復滅陳，於是長安復爲中國首都者三百七十九年。——西魏二十五年北周二十五年隋三十九年唐二百九十年——隋亡唐興，仍都長安，扼陰山山脈，築三受降城，設振武軍於綏遠，天德軍於五原，朔方節度使於寧夏，以守綏遠，設河西節

度使於武威，隴右節度使於西寧，以守甘肅．於是西北兩面守備皆固．陝西不被兵者百餘年。安史之亂．封常淸敗於虎牢，棄殽山之險，奔陝州．高仙芝復棄函谷關之險，自陝州退保潼關．祿山前鋒平行至潼關．朝廷復不聽哥舒翰堅守潼關之策，而督促其出戰，遂敗於靈寶．潼關陷落．玄宗棄長安．出奔成都。肅宗收兵靈武．—今寧夏—以朔方節度使郭子儀爲大將．調河西隴右兵東討賊。雖戰勝攻取，陸續恢復兩京．而河隴空虛．當時在靑海西藏境內西藏民族所建立之帝國吐蕃乘釁東侵．盡取甘肅蘭山，渭川，西寧，甘涼，安肅等道．扼隴口及六盤山脈，東窺渭水流域平原．陝西西部無險可守，處處被兵，唐室疲於奔命。宣宗在位：吐蕃內亂．國勢大衰．河隴境內漢族人民及吐蕃守將，相繼據地來降．甘肅復爲唐室所有。唐置歸義軍於燉煌，天雄軍於天水，以守甘肅。可是張掖爲突厥民族之回紇所據．餘州亦多爲羌胡所據．甘肅已成外國人之殖民地．陝西西境北境爲外人雜居地．從此以後，陝西文化遂逐漸退步矣。

九，宋夏對峙時代之陝西　黨項之侵入

先是有唐初年·征服青海·青海東南有部落名黨項·係西藏民族所建·其酋長拓拔赤辭以其衆來歸·詔以其部落爲西戎州·授赤辭都督。其後吐蕃强盛·拓拔氏漸爲所逼·遂請內徙·詔移其部落於慶州。—今甘肅涇原道慶陽縣—其後裔析居夏州·—今楡林道橫山縣—號平夏部。唐末；其苗裔拓拔思恭爲夏州刺史·助河東節度使鄭從讜，討大盜黃巢·有戰功·授定難軍節度使·統夏綏—今楡林道綏德縣—銀—今楡林道米脂縣—宥—未詳其今地名—靜—今楡林道靖邊縣—九州，賜姓李·於是楡林道北部入於黨項人之手。傳九世，五十年·—西歷紀元八八三至九三二—經過後五代之亂，始終保持其土地未失。宋太宗太平興國七年·—西歷紀元九三二年—中國內部已統一·其嗣位之節度使繼捧、以其地來歸·其族弟繼遷不從，襲據銀州以叛。繼遷陰狡，頗能撫御其人民·外結契丹爲援·與宋相持。宋朝當國者多書生，處置失宜，遂令繼遷坐大。傳子德明，孫元昊，屢敗宋兵·盡取綏遠全境及陝西楡林，甘肅寧夏·甘涼，安肅等道·南阻河，北依賀蘭山陰山爲固·定都寧夏·自稱大夏皇帝·於是陝西北部出一敵國。宋人分陝

甘南部爲六路．｜熙河秦鳳涇原環慶鄜延永興軍路｜置經略使以禦之．終北宋一代無制勝之策．僅恃議和以款之而已。

十，宋金對峙時代之陝西

女貞勃起於吉林．滅北宋．盡取黃河流域．劃秦嶺山脈與南宋分界．於是陝西全境分隸三國．南部屬宋，中部屬金，北部屬夏。金將兀朮，撒離喝，屢欲突過秦嶺山脈，占領漢中．爲宋將吳玠吳璘所扼而止。

十一，元代之陝西

蒙古勃興：先滅夏．次滅金．又滅宋，於是陝西全境統一於元。元置行中書省行御史臺於陝西，管理幷監督行政。元之地方行政機關，僅有行中書省十二，監政機關，僅有行御史臺二．而陝西各有其一．其重視陝西可知矣。

十二，明代之陝西　蒙古之侵入

有明勃興．驅逐蒙古於漠北．置陝西布政使司爲行政機關．按察使司爲司法機關．都指揮使司爲軍政機關．在甘肅．東北部置寧夏鎮．綏遠北部置東勝衛．

山西西北部置偏頭關・屯重兵以守之・於是陝西北部藩籬漸固。中葉以後・軍政廢弛・英宗天順六年・—西歷紀元一四六二年—蒙古後裔韃靼酋長毛里孩入據河套・自是韃靼反居內・而明兵反屯外・陝西北境無險可守・處處被兵・朝廷禦寇不暇。憲宗成化九年・—西歷紀元一四七三年—總督延綏軍務王越襲破韃靼於紅鹽池—在今榆林道・西北寧夏道東北—韃靼酋長滿都魯等棄河套北歸・陝西稍得安枕。世宗嘉靖年間・韃靼酋長吉囊俺達復入居河套・騷擾陝西數十年・吉囊卒後・俺達年歲亦高・又崇拜佛教・禁止殺生・始就撫・封順義王・名所居城曰歸化城・由是西陲無警。

十三，清代之陝西

有清勃興・蒙古諸部落，先後就撫・朝廷分河套蒙古爲鄂爾多斯烏喇特等旗・置綏遠將軍監理其行政。又於甘肅東北，置寧夏將軍以鎮撫之。用喇嘛教以融化蒙民・漸改其殺伐之性・陝西北境，在有清時代，所以不被蒙古侵略者；實融合之力也。

十四，當代之陝西　回教徒之雜居

自西周以來：陝西北部有蒙族之玁狁獯鬻雜居·西部有藏族之犬戎雜居·爲漢蒙藏三族文化上接觸之中心點·及武力上衝突之中心點·卒釀成驪山之禍。漢興：陝西北部有匈奴雜居·西部有氐羌雜居·釀成五胡亂華之禍。唐興：陝西北部有黨項雜居，西部有吐蕃雜居·釀成西夏之禍。然以上各國，無論其爲蒙族，或藏族；無論其爲大國，或小國；無論其爲征服者，或被征服者；久之皆同化於漢族則一也。獨回教徒一派，大體係突厥民族中之回紇遊牧帝國苗裔·安史之亂：援唐有功·一部分留居中國·武宗時代：回紇衰亂·前後自拔來歸者十餘萬人·詔分隸於各道·而留居關中者最多。自此以後：休養生息於中國，食毛踐土千有餘年·雖言語風俗多同化於漢族·兩保守其宗教儀式·卒不肯完全同化於漢族。此一族人性情，慓悍猛鷙·喜爭鬥·好殺伐·富於執着性及團結力·而缺乏忍耐性及研究心。因飲食關係·不能與異族結婚·不能與異族合作·故血統與漢族卒不混合。而所就之職業，有一定範圍·無向上改良之機會。因而貧者多，富者

少，時常鋌而走險，作孤注一擲之舉，以解決麵包問題，其事可誅，其情可憫矣。此一族自有清以來，時常結合團體，與漢族起衝突，因而釀成大亂之事，時或有之。民國成立以來：對於融化漢回意見問題，卒無暇顧及，此則當局所宜注意者也。

結論

綜合以上所述，約得概念如左。

一，陝西東方以崤函爲第一重門戶，崤函失守則潼關危。—唐玄宗時代安史之亂—崤函爲敵國所有，則咽喉梗塞，不能出潼關一步。—春秋時代百里孟明視之敗—故憑藉陝西立國之國家，欲經略東方，不得不先取崤函，欲保守潼關，不得不兼守崤函。

二，陝西南方以秦嶺山脈爲第一重要塞，以巴山山脈爲第一重要塞，以漢水爲交通機關，凡保有陝西之國家，能扼守秦嶺，則關中不至失守。—三國時代蜀魏交爭之際—能略取漢中，則可以經略東南。—戰國時代秦之對楚　南北時代魏

之對梁—能突過巴山，則可以占領四川．由楊子江順流東下以取湖北。—戰國時代秦對楚　三國時代晉對吳　南北朝時代隋對陳　唐初李靖對蕭銑—

三，陝西西方以隴山脈六盤山脈爲城壁．狄道縣靜寧縣固原縣爲門戶．故建國於陝西之國家，能扼守狄道靜寧固原諸孔路．則國可以存．并可向西方發展。—光武帝對隗囂—否則陝西西境無險可守，到處苦兵。—唐中葉以後對吐蕃—

四，陝西北方與綏遠聯接爲一大平原．中間無險可守，綏遠爲外人所有，則陝西北境到處被兵。—周初之對玁狁，漢初之對匈奴，北宋之對西夏，明中葉以後之對韃靼—綏遠爲陝西所有．則可以北扼陰山．西北控賀蘭山．以拒外國。—秦始皇之雲中九原郡　漢武帝之朔方新秦中郡　有唐之朔方一鎮　天德振武二軍三受降城—故建國於陝西之國家，欲保陝西，不能不守綏遠。

五，陝西對東南方．常居主動地位．常占優勝地位．故憑藉陝西立國之國家，常能并吞東南，創立一統之大帝國。—三代時周對商，戰國時秦對六國，楚漢戰爭時漢對西楚，五胡十六國時代前秦對前燕，南北朝時代北周對北齊，隋對陳

—六，陝西對西北方．常居被動地位．常占劣敗地位．故憑藉陝西立國之國家，能保有甘肅綏遠，則國可以存．能兼有新疆，則國可以強．—漢唐全盛之際—否則日受外人騷擾，將無寧宇。—周初之對玁狁，漢初之對匈奴，有唐中葉以後之對吐蕃，北宋之對西夏，明之對韃靼等皆是。—

現在陝西在中國之位置如何

自歐美文化輸入以來：東南沿江沿海各省，變為中國文化之中心點．陝西僻處內地．與外國文化不直接觸．就當代文化史觀之，陝西似無足重輕也。然陝西為中國固有文化之發源地．又為西北方面重鎮，保守固有文化，而發揮光大之．輸出外來文化於綏遠甘肅新疆各省區，以開闢西北草昧．此陝西士大夫應盡之義務也。就政治方面觀察：當今中國本部交通機關，為京漢，津浦，隴海鐵路及楊子江之船路之四大幹綫．鄭州，徐州，武漢，江寧四處．實扼其咽喉．鄭州，武漢，雄據上游．尤為用兵者必爭之地。此二處地處平原．宜進取不宜退守．可戰

勝不可戰敗・故欲守鄭州，宜置根據地於洛陽・欲守武漢，宜置根據地於襄陽・此二處四圍有山，可以扼守・中央有平原，可以發展・洛陽由隴海鐵路可以直通鄭州・襄陽由漢水船路可以直達漢口・一有警急・援兵朝發夕至・實爲理想上之中原用武地。然襄陽之交通機關，遠不如洛陽之迅速・故洛陽實當今經略中原者必爭之地。陝西僻處內地，與洛陽雖比鄰，而交通機關遲鈍・非用武之地。然苟欲自守，則殽函一閉，敵兵雖衆不容易侵入・人民差可安樂・地方差可寧謐・不失爲世外之桃源也。惟本地土產，頗不足自給・出麥之收穫量雖供給居民之食料有餘・而木材缺乏，石炭缺乏，然料及建築材料俱感不足。棉花之收穫量雖不少・而紡紗織布之工廠皆無・衣料概仰給於自外輸入之布疋・此亦絕大之漏卮也。用陝西之所長・補陝西之所短，吸收外來之文化・創辦內地事業・不求速効・不務虛名・成丹者火候到・有志者事竟成・是所望於今之當局者。

民國十三年七月二十三日脫稿

同八月四日改正脫稿

附錄

歷史上中國民族之研究

中國者合六大族組織而成。中國之歷史，實六大族相競爭相融合之歷史也。此六大族中，現於中原者曰漢族：現於南方者曰苗族；(即交趾支那族)現於東北方者，曰通古斯族；現於正北方者曰蒙古族，現於西北方者曰突厥族；現於西方者曰西藏族。漢族以文化勝，他族以武力勝，他族以武力壓倒漢族者，漢族以文化制服之。故每一競爭，而漢族勢力一膨脹；其終也，他族自忘其爲他族，相率融合於漢族之中，遂合多數人民鑄成今日龐大之中國。距今四千餘年前，漢族滋生于黃河流域，以耕耘爲業。同時有苗族者，據有揚子江流域，與以對抗。虞帝舜倦勤。大禹攝政，自將以征之，三旬弗克，是爲漢苗衝突時代。其終也，班師振旅，誕敷文德而苗降。頑梗者竄之三危，柔順者留居故土。於是漢族勢力一膨脹，是爲有史以前之事蹟

中國確史，始於春秋。春秋之時，漢族勢力範圍最狹。所謂中原者，不過河

南全省，及陝西，山西，直隸，山東，安徽，湖北，一部分而已。環漢族周圍而居者，曰東夷，西戎，南蠻，北狄。南蠻，東夷，雜居于山東，江蘇，安徽，江西，浙江，湖北，湖南，等省。土著而居，以耕耘爲業，其生活狀態，略如漢族。其後東夷併於齊，南蠻入於楚，漢族文化所及，東跨海，抵朝鮮，南越揚子江。迄五嶺。舊時苗族領域。大半入漢族勢力範圍矣。

當是時，西北二方有異民族出現，以牧畜爲業，逐水草而居，性質慓悍，喜爭鬥，好殺伐。其現於西方者曰戎，陷長安，滅西周，略取陝西甘肅，一大部分，是爲有史以來漢族與西藏族衝突之始。現於北方者曰狄，現於東北方者曰山戎。侵衞滅邢，攻燕，略取山西，直隸，一大部分，焚掠及於大河以北，是爲有史以來漢族與通古斯族及蒙古族衝突之始。幸而齊以山東兵救燕，擊破山戎，於是通古斯族氣焰稍息。其後秦起陝西，破戎，復長安。晉起山西，燕起直隸，蠶食敵國略盡。狄人大半北竄，僅少許遺留者，亦被同化於漢族。於是今日長城以南各地，悉入漢族勢力範圍，漢族勢力再膨脹。

當是時，周室已衰，漢族各國，大者不過數百里，小者不及數十里，形勢渙散，如一團散沙，異族有豪傑如冒頓苻堅，忽必烈者起，略而取之至易也。幸也戎狄二族，其渙散與漢族等。漢族有大英雄曰管仲，崛起山東，相齊桓公，糾合漢族各小國，驟退異族。於是中原得安枕者垂二百年，而變爲戰國之世

戰國之時，漢族益強，合衆小國爲七大國，而通古斯族蒙古族，之勢力亦勝．所謂東胡，林胡，匈奴等部落，時常南下牧馬，濱北方秦趙燕三國，乃築長城以拒之。始皇勃興，併吞六國，統一中原。同時冒頓崛起匈奴，亦征服東胡，林胡，統一北方諸國。漢族之秦，與蒙古族之匈奴，南北對峙，形勢皆甚發展。是爲東亞史上一大變動。

始皇崩，中原亂，漢族內訌，不暇對外。冒頓南侵，漢高帝禦之，敗於白登。匈奴勢強，漢族屢受其侮。文景之世，養精蓄銳，汲汲謀自保。武宣之世，乘匈奴內亂，一舉破之。呼韓邪款關內附，處之五原塞下，匈奴勢衰。漢族勢力益膨脹。北抵貝加爾湖，西踰葱嶺，皆爲漢族勢力範圍。是爲漢族第一次大統一時

代。

當是時，通古斯蒙古族混血之鮮卑出現於東北方，據有遼河上流地。後漢末年，略取匈奴故地，與漢族南北對峙。同時西藏族之氐羌現於西方，侵略四川，陝西，甘肅等境。匈奴遺族據有山西北境，亦蠢蠢欲動。漢族中衰，代表漢族之司馬晉，南遷楊子江流域，黃河流域上流，爲氐羌所据。中流，下流，爲匈奴鮮卑所据。是爲西北民族第二次侵入中原時代。

當是時。西藏族英雄有符堅者，崛起陝西，統一揚子江上流，及黃河流域全土，略取中國本部十分之八。惜也好大喜功，知攘外不知治內，淝水一役，爲晉所敗，全國土崩瓦解，身死敵手，爲天下笑，西藏族之勢力驟衰。繼起之英雄曰拓拔珪，系出鮮卑，爲通古斯蒙古之混血族。崛起山西北境，統一黃河流域，國號魏與代表漢族之劉宋，南北對峙。是爲南北朝時代。

當是時，漢族文明漸漬於南方，舉凡昔日之東越，閩越，南越，斷髮文身之族悉被漢化。而固有之中原，反爲異族所據，同時鮮卑据有中原，亦棄其有固之

風俗習慣，而同化於漢族。後魏孝文帝時，遷都洛陽，禁胡服，冠姓氏，凡百舉措，皆以漢族固有文化爲標準，冥冥之中，已自忘其爲異族。隋室勃興，合漢族通古斯族，蒙古族，西藏族，鑄成一大帝國。是爲漢族第二次大統一時代。而突厥族之突厥勃起於西北方，據有漠南漠北及天山南北路，爲隋室大患。通古斯族之高麗勃起於東方，據有朝鮮西北及奉天東南境，亦與隋爲敵。

唐室繼隋而興，北滅突厥，東滅高麗，通古斯族，突厥族始服屬於中國。漠南漠北無王庭焉。而突厥族之回紇勃起於西北方，西藏族之吐蕃勃起於西方，苗族之南詔勃起於南方，終唐之世爲邊患。

以上有史以來千餘年六大民族之競爭，爲漢族優勝時代：雖有時異族侵入中原或占領之者，大抵爲漢族所擊退，或融合之使同化於漢族。強大如苻秦，綿延如元魏，奄有中原，聲施爛焉。其終也如朝露之花，忽焉澌逝，遺族服漢衣，用漢語，冠漢姓，不自知其爲異族也。曾幾何時，唐室驟衰，漢族內訌，突厥族之沙陀，通古斯族混血之契丹，更迭雲擾中原；黃河流域主權，爲二族所攘奪。漢

族各小國，苟延殘喘於南方。黨項遺族跖拔氏乘勢占領夏州，略取河套地，開異日西夏之基礎，黃河流域上流，復爲西藏族所據。是爲西北民族第三次侵入中原時代。

周室勃興，代沙陀劉氏爲君主，黃河流域主權復歸于漢族。宋室繼之，翦除羣雄統一中國，而奉天全省，及直隸，山西，北境爲契丹所據。陝西，甘肅，北境爲西夏所據。終北宋之世不能復。三國鼎峙者百餘年，雖時有戰事，漢族大半敗衄，幅隕縮小，無復漢唐時舊觀也。

金興，率猛鷙慓悍之通古斯族南下，滅遼，服夏，敗北宋兵。略取直隸，山東，山西，河南，陝西，甘肅，及安徽，江蘇之淮北地，盡有黃河流域。是爲異族第四次侵入中原時代。代表漢族之南宋，竄居江左，稱臣納貢，苟且以求自保，不敢與之抗也

元起漠北，滅夏，滅金，滅宋，統一中國本部。遣兵四出。略取亞洲大半及歐洲東北境。黃禍之聲騰喧於白色人種耳鼓。是爲蒙古族大一統時代。奈長於外

攻者，短於內治；種龐雜則易起紛爭，幅隕遼闊則難於統一；不得已分國爲五，以皇子皇孫領之，而內族內訌，時常構兵，未及百年，土崩瓦解。明太祖起長淮流域，逐蒙古而代之，中原復歸于漢族。然壤地褊小，聲靈遠不及漢唐，漠北蒙古遺族若韃靼衞拉特等，又時常內犯，明庭苦之。清室勃起滿洲，乘明室之衰而滅之。略取中國本部，蒙古，青海，西藏，及天山南北路，合漢族，苗族，通古斯族，蒙古族，突厥族，西藏族，爲一大帝國。鴨綠江以西，葱嶺以東，貝加爾湖以南，交趾以北悉內屬。幅隕之廣，逾於漢唐。是爲通古斯族大一統時代。惜也，清庭內政，專注意於防家賊，以科舉牢籠漢人；以宗教愚弄蒙藏。其終也，國民腦力日趨於愚昧，體力日趨於惰弱。歐人東漸，無力抵抗。國勢日削，國民之發憤求自強者，起而議改革。清庭復不能因勢利導之，國民乃訴之於干戈，清帝退位，一變而爲共和之世。

民國成立，召集國會，分爲參衆兩議院。袁世凱以前清內閣總理大臣資格，被舉爲第一任大總統。因謀改帝制未遂，鬱鬱以終。黎元洪繼任，因張勳復辟而

退位。張勳既敗，馮國璋繼任。期滿後召集新國會，公舉徐世昌任之，而西南諸省已有護法之獨立矣。

以上中國有史以來數千年間，六大民族所創立之帝國不知凡幾。以幅隕之廣狹言之，則蒙古民族之元爲最。通古斯民族之清，漢民族之漢，唐，次之。西藏民族之苻秦，突厥民族之後唐，後晉，後漢，雖一時奄有黃河流域，蔚爲大國，不得厠於其列也。以國祚之修短言之，則漢民族之漢，享國四百餘年者爲最久。（起西歷紀元前二〇六年終西歷紀元二六三年共四六九年中間除去新莽篡位十五年不計外共得四五四年）漢民族之唐（起西歷紀元六一九年終九〇七年共二八八年）宋（起九六〇年終一二七九年共三百十九年）明（起三六八年終一六六一年共二九三年）通古斯民族之遼；（起九一六年終一二〇一年共二八五年）清（起一六一六年終一九一一年共二九五年）享國三百年上下者次之。西藏民族之西夏（起九九〇年終一二二七年共二三七年）享國二百餘年者又次之。蒙古民族之元。享國僅百餘年（起一二〇六年終一三六九年共一六三年）雖子孫綿延至今，猶爲民國貴族。然主權久不在握；不得與漢唐比隆也。間嘗考之，領土之廣狹與國家武力之強弱爲正比例。國祚之修短，與主權者政治上能力之大小爲正比例。六大民族中以武力論，當以蒙古民族爲第一，而其政治上能力，終不如漢族。故蒙古帝國，幅隕之

廣，爲中國史上所僅見；然不旋踵瓦解雲散，不能追蹤漢唐也。通古斯族介居二者之間，武力亞於蒙古，政治上能力亞於漢族，故所創立之帝國，政治文化，綽有可觀，不似蒙古帝國之短命也。突厥民族勢力雖膨脹於西方，然在中國史上，則關係較爲薄弱，西藏民族益甚。至於苗族勢力，則僅上古史上一現曇花，迄中古已烟消雲斂，現在已在若存若亡之間矣。

中國文字演進之順序

陳鐘凡講演

說文叙云：「倉頡初作書」。世本宋注衷：「倉頡黃帝史臣」。中國文字固起於黃帝之世乎？然攷史記封禪書記管仲言：「古者封泰山禪梁父者七十二家，夷吾所識者十有二焉」。司馬貞補史記引韓詩亦云：「自古封泰山禪梁父者萬有餘家，仲尼觀之，不能盡識。」足徵古代文字，體製繁多，絕非創始於一人，勃興於某世；實由歷代社會羣衆所試驗應用遞演遞進而成。故荀子解蔽篇言：「好書者衆矣，倉頡獨傳者一也。」蓋整齊畫一之功歸於倉頡已耳。今攷其演進之順序，約分六期言之：——

1、符號時期；

2、圖畫時期；

3、意標時期；

4、音標時期；

5、孳乳時期；

6、活用時期。

一　符號時期　易大傳曰：「上古結繩而治，後世聖人易之以書契。」漢九家易云：「爲約事大大其繩，事小小其繩。結之多少，隨物之衆寡，各執以相致，亦足以相治。」蓋以種種符號表示物體之數量，助記憶所不及也。契古音讀如栔，說文「大約也」猶今之合同，亦刻木記數之一種；皆借符號以爲標識，其用同於文字也。茲攷之小篆及龜甲古文，知當時所用符號，約分五類：——

甲，記數的符號，如一，二，三，亖，ㄨ，介，乇，八，九，十，𠀆，孑。

乙，表動的符號，如丨，ㄹ，乚，𠂆，乀，／，乁，冂，人，ㄋ。

丙，表位的符號，如丄，丅。

丁，表象的符號，如工，㸚，☆，口。

戊，表德的符號，如ㄛ，凶。

此類符號率爲假設之象徵，從指一切而非特指一體，許愼乃謂之「指事」，且釋之曰：「視而可識，察而見意。」蓋以其點畫簡略，初視之僅識其大體，細察之乃明其涵意也。

二 圖畫時期 圖畫與符號之起原，孰先孰後，此一問題，似難解決。今按兩者之性質，其差異有三：——

1、圖畫複雜，符號簡單。

2、圖畫爲差別的，符號爲普遍的。

3、圖畫爲具體的，符號爲抽象的。

初民思慮單純，必先用簡單普遍之抽象符號，而後用複雜差別之具體圖畫，似無可疑。故許愼說文敍本賈逵說，言六書先指事而後象形，實有卓識。但不知古人於單簡象形文之外，尚有複合之紀事畫也。玆分類述之：——

甲 簡單象形畫

1、自然之象，如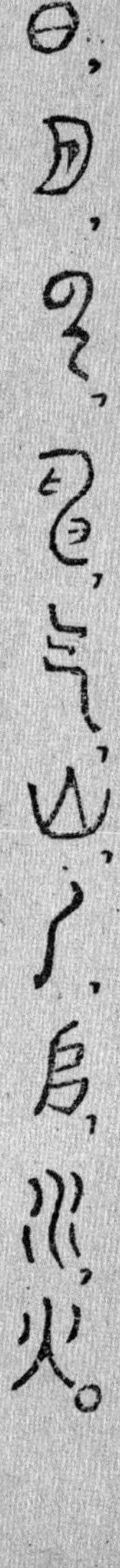

2、人體之象，如

3、生物之象，如

4、器用之象，如

乙　紀事譜

1、表武功之圖，如，見亞形母癸鼎。，手執干形鼎。

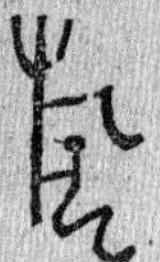帝巳祖丁父癸鼎　子負戈戎敦

右各圖中之人形，吳大澂均釋爲子，器械則釋爲旗，爲干戈斧鉞，因有「子執旗，子執干，子負戈，子執斧」諸說。今按各圖並表示武功，蓋伐某國，克某師紀功之辭。以其時文字之用未廣，故作圖以示之。其他類此者衆，未遑徧舉也。

2、表宗教之圖，如父乙鼎父丙鼎父丁甗癸卣

父庚卣亞形尊

右父乙父丙兩鼎中之及，自宋以來攷古家釋爲舉。吳大澂釋爲酒器。鄭玄尚書顧命篇注「二人奉同，一人奉瑁，同酒桮。」同即之誤，其說是矣。父丁甗吳氏釋爲「手執調羹之器」。癸卣釋爲「子執勺形，酒尊形。」今按兩圖中之及同爲祭器，數者並表祟奉宗教之圖也。至古家字從冖從豕，凡祭，士以羊豕。古者庶士庶人無廟，祭於寢，陳豕於屋下而祭。吳氏說亦宗教圖繢之一種。亞形尊則象人跪拜奠酒而祭，尤爲顯明。

3、表狩獵之圖，如父癸鼎父辛鼎父丁敦父乙觚

右父癸鼎宋王復齋釋爲「兕」及「子執弓」。父辛鼎吳氏釋爲「手執宰犧形」。父丁敦釋爲「雀及倒矢形」。父乙觚釋爲「子犧形」。按前二者示獲牲宰牲，第三爲弋

取飛禽，第四爲馴擾犧牲，四者均表示狩獵之圖也。

4、表政治之圖，如

父癸卣

父乙鼎

右父癸卣▲爲雨之省文，下列三人，表羣衆共戴一尊之象。父乙鼎之兩人，一跪一立，示尊卑拜禱之象。兩者均表政治關係之圖績也。

上述各圖含義並豐，故同一形，在表武功圖中則爲克敵之將帥，在表宗教圖中則爲主祭之祝宗，在狩獵圖中爲武夫，政治圖中爲君相，不可以單詞釋之，此紀事畫與獨體像形字之區別也。

三　意標時期　初民代言表意之具，不外符號圖畫兩者。旣如前述。然用之日久則各有利弊，不可不知。

1、就符號言，其意屬抽象的，舍表示數量外，以之表德，表象；殊不明顯。其弊一也。二符號爲普遍的，其外范廣漠，內函簡單，不能表明一具體事實。其弊二也。

2、就圖畫言，僅能表空間，不能表時間。觀龜甲文四月作。五月作。六月作。乃至十月作。或。十一月作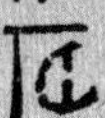。十二月作。正月作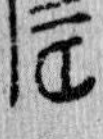。蓋圖繢僅能表空間之，至時間則不得不借符號以示之也。又古代簡牘之用未興鏤金刻石，事非易就。故圖繢之用，惟施諸武功宗教諸大端，不如符號之簡便也。

上述圖畫符號二者，因其各具弊短，施用均難普遍；故進而以符號輔圖畫之用，圖畫濟文字之窮，意標文字於是生焉。此類意標，其配置約分數項：—

甲　附符號於圖畫而爲文字，如

　天不可繢，附•於人首表之，以天爲人所共戴也。

　正爲抽象字，不可繢，附•於止表之。以足跡履行必正也。

　附◆於一上以表疆土。

附，於叉以表手甲。

附ˉ於刀以表刀鑒。

附八於人臂以表兩腋。

右以點爲符號，附於他體以表意。

附一於木下則爲本。

附一於木上則爲末。

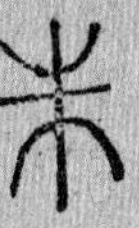
附一於木中則爲朱。

附丨於冂則爲巾。

附丨於弓則爲引。

附二於回則爲亘。

右以直線爲符號，附於他體以表意。

 附/於犬則爲友。

 附丨於又則爲尹。

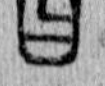 附乚於口則爲曰。

 附乙於尸則爲尺。

 附冂於二則爲頭衣。

 附八於一以示重覆。

右以曲線爲符號，附於他體以表意。

乙 借簡易圖形爲符號，附於他體爲文字。

 附手於月則爲受。

 附手於月則爲启。

 附手於則爲史。

 附手於禾則爲秉。

右以爲符號，附於他體以表意。

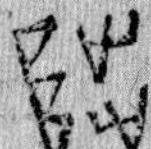 附止於則爲陟。

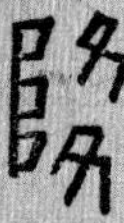 倒止則爲降。

 附止於口則爲止。

 附止於則爲韋·

右以爲符號，附於他體以表意。

 附口於鳥則爲鳴。

附口於虎則爲虓。

附目於則爲相。

附目於朩則爲衆。

右以及目爲符號。

附卜於口則爲叶。

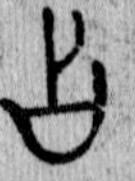附於口則爲占。

附刀於氺則爲利。

附刀於衣則爲初。

右以及刀種種器械爲符號。

自此類符號兼圖畫之文字出，而後無間具體，抽象，差別，共通各意義，均能表現靡遺，文字之用由是以廣。此六書中會意一例所由生也。

四　音標時期　上述中國文字由符號，圖畫進而至於意標，其用日益宏矣。至意標之用窮，則不得不進而用音標。音標Phonetic，者用一定之符號爲聲母Conconant韻母Uawel，用以拼一切文字者也。當時無聲母，韻母，乃借一字爲聲標，與其他象形文字，相合以表一義。所謂「半體表聲，半體表義」之「形聲字」也。其例如次：—

1、左形右聲，如

銅，錫，松，柏。

2、右形左聲，如

剜，剔，翔，翱。

3、上形下聲，如

景，星，笙，竿。

4、下形上聲，如

堂，基，韙，瞽

5、外形內聲，如

匡，匪，衙，衢。

音標字中同從一聲之字，其音大抵相近。爲攻，貢，項，空，江，扛等字同，從工聲，其音均在東韻；苛，河，柯，何，婀，阿等字同從可聲，其音均在歌韻是其明例。但以古今聲韻變遷，致古人同從一聲之字，今乃分隸數韻者；是則非了解古今聲韻通轉之理，不能盡識形聲字也。

五　孳乳時期

上述意標之用窮，則進而改用音標。音標僅擬其音，制字較便；故說文九千餘字，形聲居十之七八。然以中國無獨立之聲母韻母，非拼音文字也：故遇同一義類，而推衍引申之字，終無術以措此，則不能不別籌一策，恣文字之孳乳，此六書中「轉注」一例，所由出也。許愼釋轉注之義例曰：「建類一首，同義相受」。

類謂義類，首謂語根。蓋凡同一義類之字，必以一字爲語根也。其例如：—

侖（語根）——倫　論　淪　崙　輪

此以侖字爲語根，孶乳而得倫，論……，諸字。侖有條理義，則人倫之條理謂之倫，言論之條理謂之論，山水之條理謂之崙，淪，車輻之條理謂之輪。是倫論……諸字同一義類，同從侖字孶乳；侖字乃爲其根。所謂建類一首，同意相受者。實文字孶乳寖多之一例，此中國文字演進至第五期之現象也。

六　活用時期：　文字之用，本以替代語言，語言之活用甚繁，字形之變易有限，於是更設「假借」一例，以濟孶乳之窮。假借者以一字代數字之用，著文典活用之規律也。爲「令」字本義爲發號，縣令爲發號之人，則借「用詞」爲「名詞」。長之本義爲長久，長官長於年，長於德，則借「狀詞」爲「名詞」。許氏謂「本無其字，

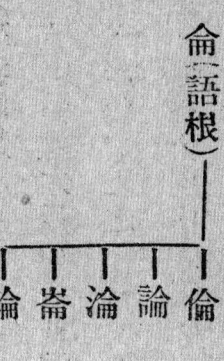

依聲託事」者，以縣令之令，縣長之長，字所本無，乃由發號久遠之義，輾轉引申以託其事，而其聲仍讀本聲也。其例如：—

1、有意義之假借

來，本來麰字，古以來麰爲天所來，故以爲行來之來。

西，鳥在巢上也。日在西方則鳥棲，故以爲東西之西。

解，判也。从刀判牛角，引申爲講解字。

御，使馬也。引申訓治。

2、無意義之假借

昆侖　昆，同也。侖，思也。借爲山名。

兄弟　次弟之弟，借次先生後生之稱。

率爾　率捕鳥畢也。借爲輕易貌。

蕭然　蕭艾蒿也。借爲騷動貌。

結論　—中國文字，起於符號，進爲圖畫，記事象形二者，六書所由造端。由客

觀之描寫，進爲主觀之組合，而後有會意。由意標進於音標而後有形聲。造字至於形聲，六書之體備矣。更推衍引申以盡音標之變，依聲託事而濟孳乳之窮，轉注假借二例，由是以生。許氏說文以二者殿六書之末，蓋制字之順序，其例成立最後，而其用亦最宏也。說文九千餘字，既可建類系聯，成一有系統之組織；又無一字不含二義三義，而得借爲他用。故轉注，假借二者六書之用也。學者根究其本原，推尋其蕃衍，庶於古今文字變遷之迹，豁然而理解歟！

森林與文化

李幹臣博士講
閻壽喬 秦顯文 筆記

第一章 概論

一緒言，中國自古以農立國，注重農業，把林業兼括在農業的當中，因此人民遂把林業就看輕了，不知林業與人生究有何等的關係，自周朝以後，山虞林衡制廢，數千年來，上無提倡林業之風，下乏推廣林業之俗．到了今日，人民幾不知林業之爲物了．

人生三大要素；衣，食，住．房屋的建築，棹，椅，床，橙，舟，車，的製造，那樣不是木材所成呢？所以林業與農業，二者對人生關係的重要，實相伯仲．再進一步言之．攷諸各國的歷史，又見一國文化的興衰，與該國林業發達的程度，大有同合一轍的情形，毫釐不爽之勢，(見后圖解)由此足見森林與文化關係之大了，茲一一詳細證明之．

二林業之定義

上古的時候，遍地皆林，並無業主，不得謂之林業；所謂林業者，必由人工

之管理，且適合經濟的原則，開闢利源，爲國家生財之一種事業也！

三文化之基礎

管子說：「倉廩實，而後知禮節，衣食足，而後知榮辱。」語云：「富而後教。」若是一國的國民，窮至不能生活，終日工作，還不能一飽，謀生不暇，還有什麼教育之可言，還有什麼文化之可講。今日中國國民，困苦的狀況，謀生教不暇，如何能盼望他們教育之普及。若不先設法解决國民之生計問題，徒言平民教育，普及教育，種種問題；恐怕終久是紙上談兵，無濟於事的。再以現在之高級教育論，北京國立八校，可爲很好之例；政府窮苦，教育經費無着，教職員薪俸已欠十閱月之久；爲生計所迫，教員遂不得不設法他謀，教員缺乏，學校設備不完，政府無錢，時而停課，時而關門，像這樣半死半活的教育，如何能盼望教育發達，更如何能盼望有文化之可言。所以文化之基礎，首在濬財源，國富而文化自興。

四一國之財源

一國之財源，不外兩大類：a工商業之發達．b天然資本利源之開闢；要使工商業發達，有三種要素，必先完備．一，資本要雄厚．二，科學智識要發達．三，商業學識要充分．以今日的中國資本家論，其財力之大小，實不能與外國資本家相比．中國是一開放門戶的國家；商業在乎國際之競爭，以中國資本之薄弱，難與他國爭勝．論及科學及商業的智識，與諸物質文明先進的國家較之，中國實在是幼稚得很，所以中國現在的工商業．爲國家生財的能力，極形微弱．

天然利源，共可分爲三大類：一，用之不竭者；如空氣，陽光，水力，等．此類利源之利用，全看科學智識發達的程度如何．中國的科學智識，尙在幼稚時代，故於此種利源的利用尙少．二　用之能竭者；如各種礦產．中國礦產之富，世界無比．惟開採利用者甚少．卽有一二開採者，多係外人投資，利權仍操諸外人手中．中國仍無享受天然利源的利益，三，用之能竭但能復生者；卽森林，漁，獵等．中國將原有的森林利源，已殘害無餘．且不給予機會，使其再生，此爲暴殘天然利源，爲國家經濟上，一極大的損失．

五森林發達與文化的興衰

一國興衰的原因，固非一端；但攷諸各國的歷史，藉知一國文化的興衰，與該國之林業發達的階級，與其國文化的興衰；可以左列兩線表明之。

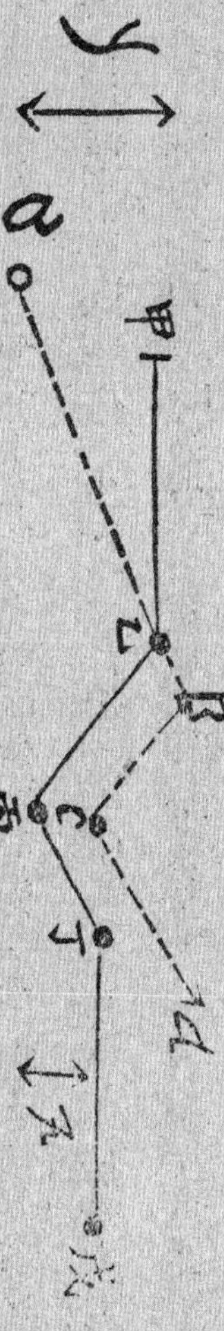

上圖甲乙丙丁戊線，代表一國林業發達的階級，甲—乙一段，爲上古時森林的狀況；彼時茫茫大陸，全爲樹木所佔領—是故鬱鬱蒼蒼，恒保持其平衡。

乙—丙爲森林被濫伐之時期；厥後人類日殖，木材的需要日增，農田的開闢也日多。火燒濫伐。原有天然森林缺乏。非僅影響木材供給的不靈；且水旱災癘，不時相侵，人民益受莫大的痛苦，今日的中國卽其例也！

丙—丁爲眞正林業發達時期：林業廢弛，達到「丙」點—民生不安，才知森林之可貴；思有以培養之，保護之，以謀森林的發達。此爲眞正林業的起點。

丁—戊一段，爲一國林業均衡的意思．均衡就是一國每年所產生的木材，恰等於其每年需要的數量．德國的林業，在歐戰以前，將要達到這個地步；歐戰一開，森林都毀於砲火斧斤，二百餘年的計劃，毀壞於一戰，誠爲可惜？

〈ノ線表示原有天然的森林多；其後人口繁殖，農田的需要增多，故適宜耕作的土地，必須用於農事．將來雖能管理，使其每年所產，等於所用，而森林的額數，當然不如古時的繁茂且多．所以用ㄅ線代表他．

aBcD線代表一國文化之興衰：

a—B一段，爲文化初興時代，古時人民稀少，天然物產豐富，原有森林最多，人民富庶，文化自然日盛．此周秦以前國家的文化所以興盛也！

B—C一段爲文化衰弱時期；漸而人口繁庶，需要加增，天然物產，已摧殘迨盡，人民生計日迫，國民謀生不暇；於是文化不得不衰弱矣！

C—D一段爲文化復興時代：盛極必衰，衰極復興；槪爲世事之常．既至國民窮到極點，必思有以振發之道；保存或利用天然物產，發達工商業，以濬財源

，財足而諸事理上軌道．文化遂得復興矣！

六，林業之由來

原有的天然森林，因濫伐火燒的緣故，日形減少．木材的需要，超過於天然供給的數量．而且水旱災癘，逐漸相侵，至有森林缺乏的結果．不但影響於國家的經濟，且危及於國家的安寧，社會中既感無森林的痛苦，復豔羨有森林的利益；於是林業始日漸發達矣！

七，原有天然森林被濫伐之速率

前圖的乙—丙線，代表森林被濫伐的時期，至其被殘伐的速率大小，各國不同；蓋其原因有種種．

1立國之早晚　立國愈早的國家，其天然森林被濫伐愈速．美國所以天然林最多者，因其立國較遲故也！

2交通　交通愈便，殘伐愈甚；故我國長江黃河各流域的原森林，早已濫伐無存．東三省，四川，雲南，等處；因交通的不便，故至今仍得保留少許原森

林，

3人民之稀密　人民愈密，需材愈多，這是當然的情理；且人民稠密的區域，農田的需要亦多，故森林被濫伐較甚，林地開闢日多．此殘伐速率，所以比較大些．

4戰事　戰事最足殘毀森林，歐戰，五年間，將德法二國的森林，毀去約三分之二．中國的大江南北．所餘的原森林，一大部分毀於洪楊之亂；故戰事愈多，森林愈危．

5物質文明之進步　物質文明愈進步，木材的需要愈多，殘伐森林的速率也愈大．美國爲物質文明最發達的國家，據其農部統計，平均每人每年需木材二百六十立方尺之多，是故其國每年所伐的數量，等於其國每年所產者四倍有奇．可見物質文明進步，於原森林的影響很大．

第二章　森林與國計民生

A 森林與國家經濟之影響

國家的文化，以財政爲促進他發達他的資藉；人民生活的要素，以衣，食，住爲最主要；森林對於這兩方面的關係，至爲重要．今舉其大者，要者，爲諸君說說：

a　各國木材每年之收入額

世界上文化，一天比一天更進步；需用的材木，也一天比一天更多．歐美各先進國，他們先覺悟木材的要緊，所以他們早先着手，或培養天然林，或用人工造林；其中尤以美國爲最富於森林的國家．每年木材收入額，可抵其每年全國收入額的五分之二．茲就歐戰以前的調查，各國每年的木材收入額，略如下表：

德國	58.3〇〇.〇〇〇	
日本	16.〇〇〇.〇〇〇	
俄國	43.〇〇〇.〇〇〇	
法國	9.5〇〇.〇〇〇	
印度	6.6〇〇.〇〇〇	(英國營造的)

美國　47·93〇·〇〇〇　「按此係金洋・約合中國幣的兩倍、又此數係一千九百二十四年的調查」

中國　木材收入的大小，在國家經濟上有莫大的影響；我國不但每年沒有木材的收入額，而且每年必須向外國購買木材；今依每年海關的報告，每年購買木材支出之款：

民國元年　5·〇〇·〇〇〇兩

二年　7·〇〇〇·〇〇〇

三年　13·57〇·〇〇〇

十一年　15·〇〇〇·〇〇〇

這不過是一種挂漏的報告，很不詳確的；至於由他處口岸輸入的木材，無從調查，不在此內・最近還沒有找着精確的統計；但是建築物一天多似一天，木材的購入額，也自然會一天多似一天；這裏面的緣故・諸君不要認錯了，的的確確的就是我們一般人民和我們的政府，現在還不知道林業在國家經濟上的重要；竭

力提倡，實地造林者，實在太少，試看我國的山地，和那些不毛之地，總計起來，比耕作了的平原地大的多；可惜任他荒廢，不知道利用他，以致每年爲木材損失國家這樣大的財本。財政怎麼會不一天比一天困難呢？諸君知道歐洲瑞士國，也是山地很多，可是人家盡量的利用了他去造林，他們每年每畝林產能有十二元的收入；恐怕我們那些平原地每年每畝的出產，也跟不上他那樣多呢？

B　薪炭之供給

薪炭爲吾人生活上最不可缺少需用品，我們中國大多數的省份，因薪炭材缺乏的緣故，多以楷草當作薪炭用；此與國家經濟上有莫大的影響，因楷草根腐爛土中，可作農田最好的肥料，因薪炭材缺乏，致將楷根掘出燒了，（北方數省甚有燒畜糞者）不知楷根經過燃燒後，一切化學的養料，（如淡氣等）飛散空中，僅餘鹹質；棄於地中，不但無益，而且害之。所以中國的農田，愈耕愈瘦，此實爲國家極大的損失，而一般人都不之知也！茲據民國四年農商部統計全國薪炭供給總額每年一一七兆元，據此統計以觀，則薪炭實爲最緊要之問題，此問題若不設

法早早解决，則國計民生何堪設想呢？

C 森林之與工業

森林與工業有極大的關係．我國現時極力提倡國貨；但就火柴而論，火柴桿來自日本，燐硝木盒及一切機器，均來自外洋；不過由中國的苦工經過一度之製造而已！名爲國貨，實爲舶來品也！又如洋布皮毛織物，雖來自外洋，實爲國貨，何以言之！因棉毛多產自我國，購自我國故也！森林供給工業上之原料甚多；茲分爲直接的間接的兩種如左：

1直接的影響，如原料品之供給是也！

甲　正產物　木材　薪炭　竹等類

乙　副產物　樟腦　松香　酒精　木醋　紙料　皮料　染料　藥材　樹膠　軟木　菓實　蕈菌　飼料　籐繩　漆，油，假絲等類

如以上所列的，均爲工業上最重要的原料品；若自己不能出產，均須購自外洋，如是而欲發達本國的工業，譬如却步而欲前進，怎麼能達到目的呢？更怎麼

能與他國競爭呢？

2間接的影響，工業上最重要的爲原動力；森林影響於工業原動力者有三．

甲，汽力；；；：：：：：（煤）

乙，電力；：：：：：：：：（煤與水）

丙　水力

上列三項原動力，甲乙，丙項賴煤；但薪炭供給之多寡，可以影響於煤價之高低；薪炭的供給多，則煤價低，而工業原動力易得；薪炭的供給若少，則煤價高而工業的原料動力亦不易．至於水與森林的關係，尤爲密切；蓋森林可以含養水源，所以有森林之處，水可以長流，以供給工廠之原動力；若無森林之處，一時洪水氾濫，冲毀田廬，爲害甚烈，一時水源乾涸，工廠之原動力斷絕，工作停止，森林對於工業直接的間接的影響有如此者．

B森林之與交通　森林與交通的關係，極其重大，又極其密切．茲就普通者，約分爲直接間接兩種如左：

1直接的關係，如鐵路上枕木的供給，大家知道 鐵路是非枕木不能成的；我們中國這們大的版圖，僅有鐵路六千二百一十五英里，每三尺須用枕木一條，共計需枕木一千〇九十三萬九千五百九十七條，每條枕木的價值，在前數年至少須二元，現在須五元上下；若平均每條以二元五角計之，共須洋二千七百三十四萬元，而枕木每三年或五年須更換一次．茲以五年更換一次計算，即以五除二千七百三十四萬元，平均每年須洋五百四十七萬元；但中國鐵路所用的枕木，大都購自外國，每年受損不少．再看美國的版幅小於我國四分之一；尚有鐵路二十六萬五千英里；若我國將來鐵路發達到美國的程度，不知需用枕木若干，更不知往那裏去取材．近有人主張用鋼鐵代之．但試驗結果，因鋼鐵無彈性，對於火車及車上一切裝載，均易受損害；而木材有彈性，可免一切的損害．現鐵亦不能廉於木材也！

2間接的關係，如航行上河水的深淺清濁；茲就入陝時航行黃河而論，舟人每苦尋不着河心；此因黃河兩岸之山無森林，每遇大雨，則洪水暴發，沖

刷土砂．入於河中，淤塡河身，所以河床忽高忽低，航行困難；而且堤岸易於潰決，爲害更大了．如美國之歐哈要河，ohio 從前與我國黃河一樣；因該河河岸阿帕拉靑山 Appalichian 上之森林，皆係可任意濫伐，山上洪流，沖刷土壤，淤入河中；政府用人工開掘，費款至三千六百餘萬美金；然旋掘旋淤，終歸無效．政府覺悟，非用根本辦法不可．乃強迫買回阿帕拉靑山，竭力造林．到西歷一千九百零五年時，此河水淸且深，遂能航行矣！

C 森林在戰事上的工用，凡有戰事發生，行軍所在的地點，凡橋梁輕便鐵道支帳建築道院，以及薪炭等：均要需用木材；最重要的係製造飛機，因飛機爲戰爭之利器，自非木材不可也！歐戰時英國因製造飛機，致將公園中的樹木伐去甚多．美國在歐戰時，以兵士共約二百萬人開赴戰線，隨行森林專家四十餘位，專理伐木等事，兵士輪流在戰線所住不到二年，共用木材四百五十兆板尺，薪炭六十五萬堆，(每堆一百二十八立方尺)他如英法諸國，因尚無統計，不知用了若干木材．所以歐戰以後，歐洲森林損失了三之二；若如許

兵士住在中國境內，一定不能火食了，何況飛機等軍用品呢？

D 森林之與土地的利用，及對於農業的利益，我們知道，凡一國家的國土是有限定的，而人口是逐年增加的。英國統計學家，馬爾塞氏說；世界人類，若無天災兵燹之摧殘死亡，每二十五年世界人口可增加一倍。天災固然難免，但是醫術，闡明，衛生之發達，人類死亡當可減少；雖不能二十五年加一倍，總言人是增加的，而土地是有限的。所以必須想法利用土地，以維民生。所謂利用者，即國無曠土；且宜農宜林，各用其宜。有人說以土地論林農二業。兩相抵觸；不知視土質之宜而利用之，不但不抵觸，且可互助；如不能耕作的地方，用以造林；可以盡土地之利用，而開極大的利源。林業對於農業的利益，可分爲後列幾項

1 減免農業上的災害。森林能減免農業上的災害如左：

A 氣候上的。因森林可以調節氣候，增加雨量；所以不致有水旱災發生。又風害多的地方，五谷往往生而不得收穫；若有森林，可以障蔽暴風，減少

風害，保護農作物．又農作須有一定之溫度，才能生長；若溫度過高過低，或忽冷忽熱，農作物都不能生存的；若是有了森林，就可以調和溫度，使適宜於農作物．關於此點的學理很長，下次再詳細講講．

b 土壤上的．土壤上的可分爲三項：

1 土壤的影響，如山坡傾斜的地方；若有森林，則其土壤固結，不致有洪水氾濫的災害．所以土壤不能爲洪水冲刷而去．

2 肥料上的影響．楷草及落葉等腐爛後，爲土壤最好肥料，因薪炭材缺乏的緣故，掘楷根拾落葉以當薪炭；所以農田愈耕愈瘐．試觀東三省墾荒的人，決沒有聽說用肥料的話；因爲此等地方雜草繁茂，翻入土中，腐爛後就是極好的肥料了．

3 農具的供給．各種農具，均需木材．美國全國一年農具用材約三十三萬萬板尺．我國每年農具用的木材尙無統計，不知用木若干．但我國木材缺乏，農人多以不良或拳曲的木材作農具，農具不良，所以既費勞力，又費時

間；農作的效果，也必不良，這裏面所受時間上的損失之巨，眞眞沒法計算得出來了？

4 飼料的供給．我們喂養各種家畜，都少不了飼料；但是缺乏的地方，森林的果實落葉等，有許多可以作家畜飼料的，如殼斗科中橡樹的果實，可以喂猪，平均一英畝成熟的橡樹的果實，每年可養猪八頭或十頭．其地所剎除的雜草，都可作家畜的飼料，不須借農田栽植苜蓿了，

5 資本上的互助，如春季出售林產物，以預備農作上的一切用品；秋季又出售農產物，以籌備造林上一切用品．是農林業上最好之互助也！

E 林業與農業的區別． 林業與農業的區別如后：

1 土地的利用．土地須就地所宜者．分類而利用之；如高原不適於農作物的地方，可以造林；平原肥美的地方，方可以務農業．

2 人工的需要，農業上工作的時間，多在春夏，林業上的工作，在農暇的時候都可，所以統計起來，林業上工作的時間，只佔農業上工作時間十分之

一，

3出產的大小．農業在短時間內可以收利，林業須至數年或十年以後．所以一般眼光小的人，看不到林業的利益，以爲林業利小．不知林業的利益，比農業的利益大的多，因爲林業費用極小，而又是複利的，譬如資本百元，以三分的複利率計算，二三十年後，他的本利合計的大．諸位算一算就知到了．

4需要的緊要．林業與農業同爲吾人最緊要的需用，因衣食住爲吾人生活不可缺一的要素；我們知到衣食出於農業；但居住及一切器用都以林業爲來源．

F森林之與生計．欲想一國的文化進步；當先解決國民的生計問題．古人說的好，「富而後教」．又說「衣食足而後禮義興」．無論世界何國，國民都能生利，則全國國民的生計自裕．我們中國生利的人極少，所以生計極困難．例如中國的軍人一百餘萬都是分利的．又如北京的人力車夫，約有十幾萬人

，因人力車夫太多，恐怕電車一開，他們就無生計了．所以電車遲遲不能開行．此外無業的人很多很多，此等無業的人，直接影響於個人的生計，間接影響於國家的經濟，因為時間，就是金錢勞力，就生財外洋各國依森林為生計的，德國（歐戰前六千五百萬人口中，有九千專門林業家，佔全國人數百分之十二．以此例計算，中國四萬萬人口，應當有四千八百萬人．但中國之專門林業家僅僅數十人，而人民以森林為生活的又寥寥無幾．德國森林專家九千人．林業工人三百萬人之多．每年工資達三千萬磅；造林經費，每年五千萬磅；若以複利法計算，數十年後，其收入眞不可以數計了，俄國森林專家三萬六千餘人，印度森林專家一萬餘人，日本二千餘人，法國四千餘人，我國的森林家，不過數十人耳！所以國民生計困難．國家經濟拮据，貧而且弱，非無因也！

G 森林之與保安民生：

以上所講的，都是直接關於國民生計；間接關於保安民生的，現在和諸君繼

續往下討論討論・間接關於民生的事件頗多，最要緊的・有下列諸端：

1，森林之與氣候，所謂「氣候」者、內中括有四大要素：

甲　地位　天然的地位，卽普通所謂寒帶溫帶熱帶的是不能變更的，例如在東三省或廣東，那些地方的溫度天然的情　不同，不是人工所能更改的，是地位之不同也！

乙　溫度　森林在春夏季，能減低地方上的溫度；在秋冬季，能增高地方上的溫度・所以暑天不至過於炎熱，寒天不至過於寒凍，例如近來天氣很酷熱；若是我們走到樹陰之下，馬上就能覺著涼爽的多了・因爲森林有：

a 遮陰的功用－樹的枝葉，能反射陽光；所以日光射下，就被他的枝子葉子隔斷了・

b 蒸發　生涼的作用・樹的蒸發，就好像我們出汗；蒸發以後，就能生涼，因爲蒸發的時候，耗費去了許多的熱量，且空中加增溫度，減低溫度，這是我們知道的・因這兩個作用，所以能讓暑天不太熱・就溫度上的關係說

起來，溫度適宜不適宜，關係於人類的文化上，最爲重要，最爲密切．諸君試看文化最發達人民，都是住在地球上溫帶的地方的那些人；因爲溫帶地方之氣候溫和，人民的精神上，少受天然界的打擊，智力只有一天比一天增强的；而且一年四季，都能經營各種事業，所以文化一天比一天進步，一直成了文化最發達區域．熱帶人民，因爲受了極强烈的炎熱，精神和智力，都受了莫大的摧殘，所以他們的文化，就進步的甚緩慢．譬如小亞西亞地方，在古代，他們偏地是森林，因此氣候也很溫和，文化也很進步；不過到了後來，那些森林被他們濫伐盡了，氣候也就變的不好了．近世地理學家，和歷史學家，他們都攷查出來說；埃及，土爾其，阿拉伯諸國，都是古代最文明的國家；因爲他們以前把森林毀壞完了．所以變成了沙漠氣候了，文明也就退化了．我國北方諸省，有許多地方的氣候，現今已經有沙漠氣候的朕兆了；若政府和人民不急速設法造林，恐怕數百年後，也會要變成埃及，土耳其，和阿拉伯那些國家的樣子了．再就森林在冬天

說起來，有森林的地方，森林能阻蔽冬天的寒風，讓溫得略爲保障，不至變極寒冷的氣候．現在我給諸君舉一個例：假定陝西有同面積的兩塊地，所得的陽光，也同量同强．所得的雨水也同．但甲地接近一四禿山，乙地接近一四有森林的山．兩地的收成結果，乙地必優於甲地．這是什麼緣故？因爲甲地接近禿山．射到禿山上的日光，又屈折而射於甲地；甲地的農禾，多因亢極需要多量的水分，供給蒸發，方能生長；若水分缺少，必被日光晒枯；加以他那裏的氣候，暑寒都一定是過於猛烈，所以收成不良．乙地接近森林，氣候既因森林的調和力，比甲地溫和的多；而且射到森林上的日光，都被樹枝樹葉遮斷去路，讓他反射去了；需要水分遂少，兩地受同等的雨量，水分充足，所以農禾生長旺盛，後來收獲，自然豐饒．瑞士國在這件事裏面，用了數十年的工夫，試驗出來的結果如下表：

	森林地	露天	溫度差
每年平均的溫度	+，870|二	−3，90|二	5，780|二

可見森林調和溫度的能力，實在大的很，

丙 風，分風向，和速度，兩樣；

a 風向，風之發生，由於空氣之流動；空氣流動，由於大氣之壓力，由高處向低處行動；而壓力之高低，又由於溫度之變遷；溫度變遷，恒受森林之支配．風向影響於雨量，雨量影響於農禾，農禾影響於生計，生計影響於文化．

b 速度，有森林爲障蔽，則暴風殺其勢力，不至過於激烈，且因溫度調和，不至劇變，所以風之速度，亦不至過於變大，且雨適用於農禾；必須細淋：若傾盆急雨，不但無益，往往有害；雨之急緩，全賴風之速度爲衡；風之速度，又在氣候之調和．是森林特有左右雨水之能力也！

丁，雨量，雨露雪霜雹，却是由空氣中的水氣變成的，因爲他們碰的溫度不同，所以成的結果也不同．霜雹有害於植物，露雪有益於植物，森林能調和溫度，可以減少霜雹，而增多露雪．森林實有增加雨量之能力．茲以下

舉的各例來證明他：

a 實際上的證明　例如美國的大農(見下圖)區，在落機山，和阿帕拉青山之間，由太平洋吹來的風，所挾的雨水，被落機山隔斷，不得達到農地．農區的雨水全賴大西洋，以及墨西哥海灣吹來的温氣；但大西洋所吹來的温氣，必經過阿帕拉青山脈，山上多森林調和內地氣候，加增空中温氣，因此農區得適宜的雨水；後因該山之森林被濫伐去了．於是乎農區，就連年成了旱災，後來美國政府有鑑該山的森林，影響內地農業，遂將山收歸國有，山上的森林又造成了．於是這個農區的旱災，也漸漸的減少，以後就成了年年豐收的好農區了．這豈不是森林能增加雨量的好證據嗎？

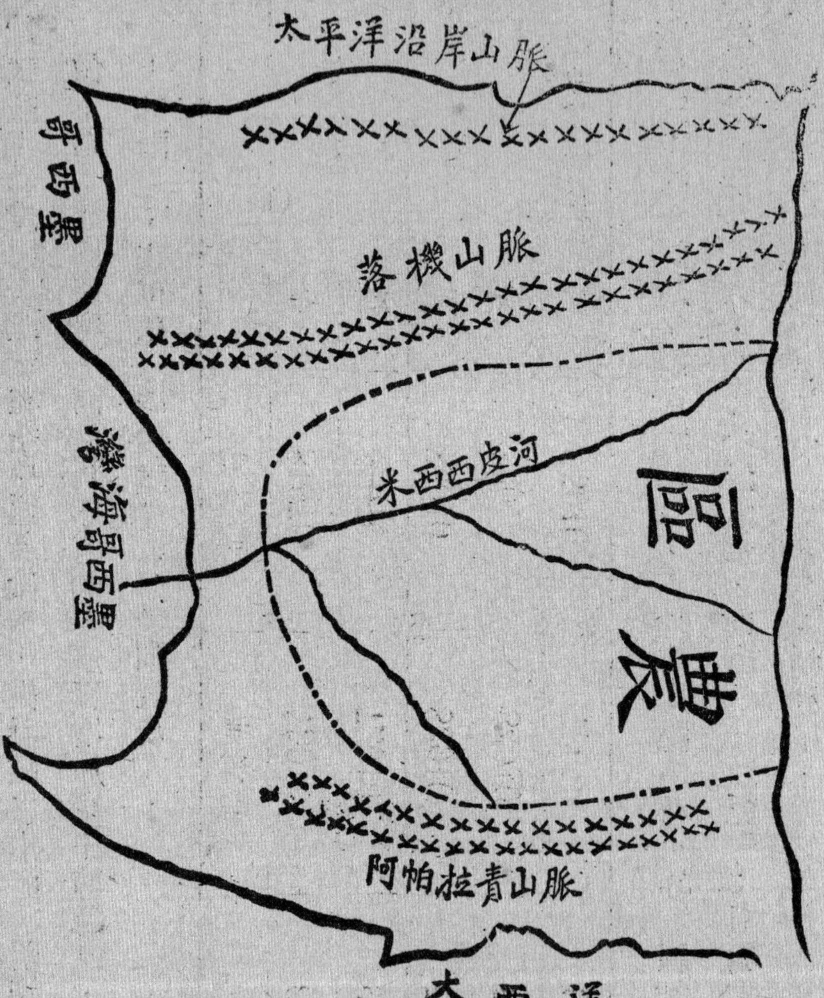
太平洋沿岸山脈
墨西哥
落機山脈
米西西皮河
墨西哥海灣
農區
阿帕拉青山脈
大西洋

b　試驗上的證明　溫氣在空中遇着冷氣，便凝結爲水滴，落到地土，就叫做下雨；這個道理，諸位是知道的．所以增加空中的溫氣，卽增加地方上的雨量，茲再舉出兩個試驗（溫氣）列表於左．

	森林地	無林地	增加
春	81070	75010	6010
夏	81070	72010	9010
秋	88010	83010	5010
冬	89010	84010	5010
一年總平均	85010	78070	6010

上表經三十餘年試驗，所得的結果，不是瞎說臆造者可知有森林地，每年平均增加溫氣百分之六．空氣中溫氣多，則空氣不致乾燥；且對於氣候，對於人民的生活上，人民的智識上，都有莫大的利益．

乙，法國南錐試驗（雨量）此試驗費三十三年的工夫．所試驗的法子，即一爲有森林的地方，一爲附近森林的地方，一爲無森林的地方，各設一試測台；所得的結果，即有森林的地方，每年平均增加雨量．其加增額數，即較附近森林的地方，每年平均增加百分之七，較無森林的地方每年平均增加百分之二十四．

C科學方法計算之證明　按植物生理學上的證明，據化學分析的結果；普通生長一磅乾植物體質，須蒸發水分二百三十三磅，（各種植物不同如羅蔔須蒸發九百一十磅）若耕作佳良的地方，每畝可生產乾體質七噸之作物．僅就此數計算，則每英畝作物，在地一季生長期內，可蒸發三千五百噸水分到空氣中，此僅就細微的作物而言；若體質偉大的樹木，則其蒸發水分，何止數十倍於農作物耶？

2，森林之與水災　森林與水災有密切的關係．譬如民國六年直隸的水災，湮沒百餘縣，那時鄙人尚未出洋，同往調查，自良王莊車站下火車後即上

船，汪洋一片，毫無涯際，死者數十萬人，慘不忍睹，各國派河海工程專家來華調查，茲述各專家對那水災的言論，以證明森林與水災的關係如左：

甲，各專家言論．調查吾國民國六年水災，水災後的言論．

法國薩老華洩河水釀成的大災，實際上因爲河的上游，童山兀兀，下大雨的時候，或霖雨以後，洪水傾注，沒有森林來調節他，來阻礙他，所以一瀉千里．愈演愈烈．此言論很引起當時海河工程各專家的反駁．

河海工程師方維仁說；要減少水災，非使泥土不淤塞河身，非將上游的童山完全造林，讓森林來保護土壤不可，

英國戴樂仁說；非在上流的那些禿山上急速造林來保護土地，不能使流入河中的泥土減少；非減少流入河中泥土，不能使水災減少．

祇據森林家的言論，恐持偏見，難以取信．再就這些言論看起來，森林能減少水災，我們可以無疑了．

乙 水災之原因・ 前言森林能減少水災，茲再將水災的原因考查考查，從反面來證明之！

1雨水太過
2河底塡塞
3水勢驟增
4河隄崩決
這都沒森林的結果

雨水太多，因無森林調和氣候所致；河底塡塞，因無森林固結沿河泥土所致；水勢驟漲，因雨得任意瀉流所致；河隄崩決，因雨水急多所致也！

丙 森林固障泥土之功用

1根之固結力・

2枝葉遮護，土壤不受雨水的打擊・

3林內腐捝之畜水力，雨水減少，不能冲刷土壤・

4水流緩慢－攜帶泥土之力弱・吾國黃河，挾泥帶沙・就因爲水勢激急・

據河海工程專家的推算，水速增加十倍．

丁　森林消容雨的功用．因爲森林自己能消容雨水，所以能減少水災，今設全雨量爲一百分，落下森林裏，那些

枝葉皮幹萌芽等吸去	23%
林中腐植吸去	25%
根及土層孔隙吸去	20%
蒸發	8%
共計被森林消容	76%
緩流入河只剩	24%

就這個計算看起來，我們可以知道雨水經過森林以後，無論如何，不得成爲猛烈的洪水之災．

戊　森林能減少水災，在試驗上之證明．美國孟路格里河沿岸，在一八八六年以前，森林密布；歷史上記載的水災，僅僅三次；他們從一八八六年至一九〇七年間二十一年，將沿岸森林，徐徐伐去，數年間水災就增加到五十二次之多；可見森林減少，那名災就漸次加多．又瓦拜拾河沿岸缺乏森林，自一八〇九至一九〇七年，差不多平均每十年有十九次水災，以後他們徐徐造林，自一九〇七至一九二〇年，十餘年間，平均每十年減至十四次水災；可見森林加多，水災就減少了；就此種試驗可以證明森林能減少水災了．

3，森林之與水災

甲　民十旱災之概況　民國六年，直魯豫水災的慘狀，前面已經略略的說過了；可是到了民國十年，又在這些同一的地面上，現出絕大的旱災，就是我們所調查的北九省旱災，這回被災的人民，有四千餘萬，差不多殘害了我們四萬萬同胞的十分之一，足有瑞士國全國人口十二倍的多，眞是令人

害怕．在這個災況裏面，各國都募款來救濟我們的災民，尤以美國爲最熱心；但是美國政府，借著募款賑災的事，就給他國民下了很大很大的警告，教他們以中國爲殷鑒，極力保護森林，免得蹈了中國的覆轍．而且在以前，他們時常把中國北方的那些禿山，都用像片照去，放在他們電影片子裏面，給他們那些人民看看，教他們觸目驚心，所以美國的林業非常發達，水旱災一天少似一天．

乙，森林與雨雪之分布　我們已經知道森林蒸發多量的濕氣，減低溫度，讓雨量增多，上面已經略略的講了些；現在在這一條裏面，我再把他補充補充；春夏之間，因爲林中蒸發水分，溫度比林外稍低，空氣由他方面帶水來的氣，走到森林的範圍內，遇着冷氣，當時凝成水滴，落下來就成雨了，所以森林附近的地方，夏季比無森林的地方的雨量要多些．冬季因爲林木能遮斷寒風，林中溫度，比林外稍高，他方面吹來的寒氣，走到森林的範圍內，因爲溫度變化，就凝結落下成了冬雪，所以森林附近的地方．冬

季比莫森林的地方的雪量也要多些，雨的功用，我們大家都知道的，那就不消說了，說的功用很多，最重要的有二種

a 被覆禾麥，使不至被冬寒凍死，又能阻斷其蒸發，使不至蒸發過量，枯渴而死．

丙，森林蒸發水分，補助海洋水分的不足：雨水的來源，除靠洋海湖河的蒸發水氣外，亦可借重森林所蒸發的水氣而爲雨．據歐洲氣像學大家康伯爾氏說：瑞典施東各國的雨量，大部分全靠瑞典森林所蒸發的溫氣．觀康氏此說，則森林蒸發水分之多，對地方上雨量的關係可想而知了．

丁，地下水之升降　就地質學上說；地層下有水，名叫地下水；若地面太旱，則地下水亦低降；若地層上有森林，則樹木的根可以吸收地下水，使地下水不至低降，則對於鑿井開泉，以及溉灌飲料等用水，都有莫大的利益．譬如山東的泰山，山上居住的人，要在三十餘里以外的山下取水吃，這就因爲泰山童禿，全無森林的緣故；所以地下水低落，在山上尋不到水吃

·

我們既然知到森林與水旱的關係，既大且深；但試一反觀我們國家的土地，有山皆童，無野不荒，水旱的奇災，差不多年年都有；災區動輒廣延數省，災民動輒數千百萬，而國人仍不能未雨綢繆，亡羊補牢，不知注意造林，作根本上的解決，以除永久的憂患．等到水旱的災害已成的時候，於是乎求鄰響賑，以顧目前，這就是頭痛醫頭，腳痛醫腳；如像這樣，那麼水旱的災害，永不能除，國計民生，尚且不能維持，有何文化之可言呢？西人說：凡文物興隆，居民繁庶的景像，不見於無森林的地方，這句話眞有道理．茲再總結森林能減少旱災的功用如左：

甲，葉面蒸發，供給空中多量的溼氣，加增地方上的空中水分．

乙．蒸發生涼，可以低減溫度，加增雨量．

丙，森林蒸發出的溼氣，可以調和大陸氣候，不至有酷熱嚴寒之患．

丁，森林能含養水源，使泉源不竭，可供漑灌之用．

4，森林之與水力　水是天然的利源，取用不竭・我們中國不惟不能利用，反受其害・美國利用水力最多，總計有三千六百萬馬力，現時只用其六分之一；而其電氣事業，及工廠都極發達・又水力對於灌溉上利益也甚大・美國的西南部，較之我國西北各省，尤爲乾燥・如像加洲地方，從前土地無人耕作，無人要・現因開水利後，每畝値百餘元・中國河流甚多，如長江黃河珠江等大河流；水力雖多，不知取用，甚是可惜？若無森林以含養水源，不但無水力可用，且足以爲害；所以欲利用水力，非先培植森林不可・

5森林之與風災飛砂流冰等災　森林有障蔽風害，防止飛砂流冰等能力・法國西南濱海部分，風害甚大，每逢海風來時，附近村莊，全爲砂土埋沒，居民不能安生；國家損失也最大・法政府乃設法造林以防風砂，先就近海濱地方種草，次種灌木，次種喬木・林成後，不但風砂的災害全除，且每年獲的利益也不少・又如法國的阿爾破斯山，是法國最大的山，山上常年

積雪，春日消融，變爲冰塊流下．冲沒附近村莊，爲害極大；政府極力設法，在山造林，因山上無土，用人力將土運上去，然後造林．林造成後，不但流冰的災害全去，此時山上森林，每畝値貳百元以上．此兩事與法國的經濟上，保安上，文化上，都有極大的利益．我們看看法西南部及阿爾破斯山，在未造林以前，及造林以後的災害合利益比較一下，就知森林與風災飛砂流冰的關係了．

6 森林之與衞生　植物吐養吸炭，是諸位可知到的，我們人類皆要吸收養氣，以維持生命，譬如冬日間有幾個人，坐在一間不透空氣之屋子裏，再加上爐火煙霞，不多時我們的頭就暈了；若是無論冬夏，走到一個森林裏面去，我們一定覺着，清爽異常，精神也倍增，這就是森林養氣多，屋子裏炭氣多的原因．再者，森林可以調和氣候，能叫氣候不得過熱過冷；若是一個地方空氣好，氣候也好，那麼，我們人類的身體，一定强健活潑，智力也一定發達，間接的與文化上也有莫大的關係．

7森林之與美觀　我們看見一處牛山濯濯的地方，同時再看見一處鬱鬱蒼蒼的地方；我們一定愛那鬱鬱蒼蒼的地方，惡那牛山濯濯的地方．這就是美觀與不美觀的原故．外洋各國，無論鄉野城市，林木繁茂，菁萃可愛．我國不但鄉野荒涼，卽城市也極少樹木，赤地千里．如沙漠一般；若是森林鬱茂的地方，可以培植公園，陳設種種圖書報紙博物標本等．炎夏的時候，不但可納涼快愉，且藉以得種種的知識．如西安城內．無樹木，無公園，炎熱時，人人悶坐家中，以賭錢吸雅片爲消遣．此與國民的道德，人格，以及地方文化，都有莫大的關係．不但西安如此，恐怕我們中國的各城市，都是這個樣子．

第二章　各國林業之概況

1德國　世界各國的林業，以德國爲最發達．其發達的原因有三，

a注重林業　德人早知森林與文化有密切的關係，所以特別注重．

b聯邦競進　德國爲二十六聯邦．內政各不相同，一切政治，互相競進，所

以森林也非常進步．

國際競進　歐洲各國，國際競爭甚烈，况德與法爲世仇，土壤相接，所以德國與法國的國際競進，較之別國，大爲特別注意，所以森林一項，也非勝過法國不可．歐戰以前，全國森林面積三千五百萬英畝，等於全國土地面積百分之二十六，全國國民每人平均．62英畝(合中國四畝)其國土的分配，百分之五十爲平原，百分之二十五爲高原，百分之二十五爲山地．其森林面積爲百分之二十六，利用國土，可謂極矣！世界各國都不能及他．當在西歷一千八百六十二年時，卽下手計劃全國森林，計算每年出產若干，需要若干；生產與需要，要達到均衡．所以在戰前，每年購他國木材，年費五百萬．以保存本國林木，使達均衡狀態．每年國家行政費由森林出產供給的，佔百分之二十五至百分之四十；若生產需要均衡後，至少可供給全國行政費的二分之一．全國森林專家九百餘人，林業大學八九處，戰前幾達平衡，歐戰時，摧殘頗甚，不但德國受莫大的損失，影響於全世文

化也不小．眞世界森林界的一大不幸事．

2．美國　次於德國的爲美國，森林面積五百四十四兆四十萬英畝，佔全國面積百分之二十九．每人平均八英畝，每人每年平均用木材二百六十立方尺，每畝每年平均生產十二立方尺，每年伐去四十二立方尺，伐數較生產的數大三倍有奇．按這樣伐率預算，五十年後，全國森林要伐完，要從外國購買木材；然而別國天然林尙不及他，他既伐完了，又向何處購買呢？世界林業前途，危險極了所以美國生下三種政策如左：

a 收買私有林　收買後，爲政府管理，以免人民濫伐．

b 保護　嚴禁濫伐，必災等害，以及取締出口．

c 造林　積極造林，以生產多量木材，使伐採不至超過需用．

以上三種政策．積極進行，所以現在全國有森林專家二千餘人，森林子樹三十餘處，林業進步，有一日千里之勢．

3，中國　以上略舉了兩個好的國家，再舉一個不好的國家，森林不好的國家

。是那一國呢？就是我們中國。

a史略　中國雖無林業史可考，但就歷史上古書上看來，中國自古多林，如周時山虞林衡諸官，都是管理山林的官員。孟子說牛山之木常美矣！又馬可保勞遊說陝西地方，桑麻蔽野，接目不窮，所以中國在古時，是徧地皆林的。

b現況　從前天然森林雖然不少，但只知濫伐，不知更新，到了現在直接的木材缺乏，購外洋木材，每年損失數千百萬；間接的水旱頻仍，災區動延數省，災民每次數千百萬不等，民無生計，國亦貧弱。

C將來問題　到了現在，森林如此缺乏，將來交通便利，鐵路發達，礦產開採，工業提倡，一方需要木材甚急，一方無處購買，豈不坐而待斃嗎？

a外人之評論　我國荒山廢野，觸目皆是，國人不知注意造林，任其荒廢；外人來華遊歷者，都極為嘆惜不已？發為言論，警告國人。茲略舉外人的評論如下，一，美人威爾遜氏　威爾遜氏來華調查，歸國後，發表對於我

國缺乏森林的言論，其中曾說中國缺乏森林，足引友邦之憂；若再濫伐不知造林，氣候漸變爲惡劣，水旱之災，將不能幸免，結果必致影響於友邦，二 英人樸登 樸登氏來華調查後，曾發表言論說中國缺乏森林，西北沙漠氣候，漸漸東移，飛砂的災害，將來越利害起來；長城一帶，若干年後，將埋沒了．三，美人邵氏 邵氏來華調查十餘年，氏曾說中國小工業不發達，由於缺乏森林之緣故，且國民都沒有林產工業的技能．四，美人克立威蘭 克氏曾發表言論說，中國無森林，不僅缺乏木材，且爲農業大患，因爲若是沒有森林，則農田失了保護，氣候不能調和，土壤無由改良．五，美總統羅福 羅斯福氏常以中國缺乏森林警告他們國裏的國民，戒其勿蹈了中國覆車．

我們看看我中國如此缺乏森林，將來的問題，怎麼解決，外人的評論，至引以爲憂，或引爲戒？這眞是國家的奇恥大辱．

第四章 結論

我們現在把以前所講的，把他總結一下．

1 現在世界的森林的狀況．世界森林的狀況，可分如左列三項．

a 出產地　就全球言之，出產最多的是北溫帶．寒帶樹木不少，不過成大材者甚少，熱帶的木材，水分多太沈重，乾了就破烈，無甚用途．南溫帶陸地甚少，就是巴西有點森林，但他的材木多無用，且無眞正的松類．美國全陸在北溫帶，俄國一部分在北溫帶，德法諸國一部在北溫帶，中國雖也在北溫帶內，實無森林之可言，所以現在世界上出產木材的地方，就是美俄德法諸國而已！但美國濫伐的太利害，俄國摧殘也太利害，德法因戰時損失也太利害，所以現在世界上出產木材的地方．眞是不多，將來世界必有木荒那一天了．

b 需要地　世界上需要木材最多的地方，也就是文化中心的北溫帶，因爲文化越發達，交通，工業，建築等也必極發達，所以需要木材最多．

c 木價　美國從一九一三年到一九二一年，不過七年功夫．木價增長三倍．

中國上海等地方前十四五年前，購買外國木材，每千尺松木價四十元到五十元，現時要一百五十元以上，但現時中國購買木材，價雖貴，還能購得；若再過數年，恐怕有錢也購不着了．四年前，余在美國時，美國開全國森林會議．那時正五四運動以後，國人抵制日貨甚激烈．余提議美國宜聯合太平洋沿岸各伐木公司，集股以輪船曳木，運到中國，與日本木材商競爭，必佔勝利，一切伐木公司家都極贊成，但森林總長發言說李君提議甚好，但木材不比他貨，出口要有限制，將來或全不出口，請李君勿提此案．由此以看，中國有錢買不着木材的日子不遠了．

2 世界林業問題　此問題不是一國所能解決的，因為森林影響於國際，所以想解此問題，非世界聯盟不成功的．調查各國國土的大小，人民的多少，受國際管理法的監督，如此這問題才可以解決．

3 應作事項　應作事項分為后列數件

a 調查確實的面積　世界現有森林面積，究有若干，應調查確實，以便預算．

b 世界需要額　統計世界各國需要森林額數，是不是供給與需要相均衡．

c 現在總出產額　確知現在世界總出產額，是不是供足於求．

d 定世界伐林造林的規約　將來伐林造林，應以國際的規約管理，不能一國自由濫伐，致影響於他國．如美國人工貴，所以他們伐木，在根部以上四五尺地方施鋸，以省人工，遺棄太多．又如中國東北各處墾荒時，往往放火燒林，如此直接影響世界木荒，間接影響於氣候水旱．

現在講完森林的功用，我們可以知到森林直接間接諸功効，對於社會文化上，對於國家經濟上，對於人類道德上，都有極密切極重大的關係．所以我們欲想發達一國的文化，當先解決一國的經濟，這是什麼緣故呢？經濟與文化有什麼關係呢？我們在開頭講演的時候，不是已經引過古人所說的倉廩實而後知禮節，衣食足而後知榮辱．富而後教的幾句話麼？這幾句話是毫釐不差的；若是一國的經濟解決了，那麼國計民生一定是優裕的，國計民生既然優裕，那麼實業也容易

發達，教育也容易普及，文化自然而然的天天進步了。諸位看看我們中國的情形，一方面荒山廢野，觸目皆是；一方面國計民生，交相貧困，人民謀生不暇，怎麼能受教育呢？國家窮困已極，有什麼心辦教育呢？若大家能知注意林業，利用我們這偌大的荒野，使其化無用爲有用，爲國開闢一極大的財源；那麼，國計民生就解決了，實業教育也發達了，國家的文化自然進步一日千里；若是不知從根本上解決，空想文化發達，猶如南轅北轍，終久是不能達到目的。

中國之兵工兵農問題

李幹臣博士講　閻壽喬筆記

第一章　概論　兵工兵農之需要

一，國家之定義。凡叫做一個國家，必具有四大要素，土地，人民，主權，組織，這四大要素俱備，方可成爲一完全的國家；若是有土地，有人民，而無主權，如像印度高麗安南等，不得叫做國家；然而有土地，有人民，有主權，而無組織，那麼就如一團散沙一樣，也不得成爲國家。所以一國之中，政府有政府的組織，社會有社會的組織，人民有人民的組織，人人各盡其一份子的責任，於是乎國家成立矣！

二，國民於國家之關係及軍人在國家之位置．我們看了前代國家之定義，知道國家是集合各個人而成立的，所以國民與國家的關係，就如房屋與梁棟椽柱一樣；梁棟椽柱的材料，大小不同，各有其用，無論其大小，若一有傷毀，卽影響全屋了。國民對於國家也是一樣，無論爲民爲官爲大總統，都是國家的國民，對於國家都有莫大的影響，若是一部分有傷毀，卽影響全國，所以古人說：國

之本在家，家之本在身，又說天下興亡，匹夫有責．軍人也是國民的一部分，在國家組織上看來，他所佔的位置，比什麼人都重要，保障國家使外力不敢內侵；就如棹凳上面的油漆，所以保護棹橙，使風濕不得入，虫害不能生．就這個譬喻看來，軍人在國家之位置的重要，可想而知了．因其位置重要，所以他的責任也就比別人重大．他們除了保障國家之責任而外，還有國民己身對於國家的責任．他們己身對於國家的責任，是甚麼呢？就是他個人的職業問題．

三，軍人於職業．講武是否爲軍人的職業．以國家的政體而定．在專制的國體利用募兵制度的國家，軍人可以其入伍爲職業，終身效力於軍中，未無不可；但在共和國家，服兵乃人人應盡的義務，非其終身的職業．茲舉軍人不能以入伍爲終身的職業如下：1戰爭爲例外的事，爲人類中不應當常有的事．將來大同主義實現．更無戰事之可言，所以入伍不能算終身事業．2國民人人應盡保障國家的義務．保障國家非現在軍人的專責．3經濟的三要素，人工佔其一，軍人不應不事工作，專爲分利之人．古人以農隙講武，可見自古軍人，不以入伍

爲其終身職業．4若行徵兵制度的國家，每人入伍僅三年，退伍後，各人須有其特別的職業，以爲自己謀生計．所以軍人除講武外，應有特別的技能，不應以入伍爲其終身的職業．

四，兵制略史．中國自古兵民不分，直到秦皇滅六國後，仍然徵發民兵，遣戍邊郡．用商鞅的遺法，一歲屯戍，一歲力役；每歲當役十月．以兩月爲行程，凡人民年在二十三以上，六十五以下，皆就兵爲正卒役；在職四十二年，循環駐防．此外全國人士，皆須戍邊三日，名爲「更律」，所謂「繇戍」是也」，雖宰相的兒子，也不能免一歲一役．凡不能往者，出錢三百文以給戍者，是謂「過更」．及到漢初，仍遵此法。三國時代，蜀兵不過十二萬，用其三分之二，而休息其餘，以爲更代，使之屯田．所以兵强而財賦不竭．及到南朝時代，徵發招募兩法並行．唐時安祿山造反時代，徵兵制漸廢．到了宋朝，完全爲募兵制了，一直行到今日。

五，徵兵制與募兵制之優劣，前段已經講過．國家爲各個人所組成，天下興亡，

匹夫有責．所以入伍爲國民的天職，人人皆有入伍的義務，人人應當盡他的天職．以人道主義講起來，祇一部分的人，去保障國家，效力疆場；一大部分在家享福，這是人道上最不公平的一件事．不過在專治政體的國家，募兵制似乎正當，因爲是家天下—國家爲皇家私產，在民主政體的國家，國家爲國民之產業，人人應當去保護；所以兵制的優劣，以國體爲斷．自民國成立以來．徵兵制之風聲，日有所聞；但至今十三年了，未見實行，將來國家政治上了軌道，終非實行不可．我們現在不問國體如何，祇以徵兵制與募兵制的優劣，爲諸君比較說說：

徵兵制的優點

1入伍爲盡國民的義務，非爲糧餉而來的．

2入伍非終身事業，退伍後人人各有專業，國家分利的人少，生利的人多，國家自然殷富．

3足以培養强健的國民．中國人大多數身體柔弱，所以百事不興；若人人入伍

經過兵士的操練，身體自然就强健了；國民身體强健，國家自然也就強盛了·

募兵制的劣點

1入伍爲謀生活計，所以保護國家及盡力於職務的觀念，自然就是薄弱的·

2以入伍爲職業，所以除講武而外，別無專業，祇能爲國家分利的人，不能爲國家生利，國家的經濟，也受莫大的損失·

3人道主義之不公平·因爲入伍是最危險最勞苦的事，一部分人吃勞苦冒危險，一部分人在家中享安閒，豈不是大不人道的事嗎？

六，各國政府對於退伍軍人之待遇·各國政府對於退伍軍人都有很優的待遇·茲舉美法兩國政府待遇退伍軍人的方法說說：

1美國　美國革命及南北統一兩次大戰後，對於退伍軍人有兩種待遇·(甲)有家者，使其歸家，恢復原職，政府每年給以恤金；或三年，或五年，或終身不等·(乙)無家者，政府發給荒地，使之墾荒，每人給予一百六十英畝或三

百二十英畝．政府再設備鄉村銀行，貸以資本，使之耕作，三年後派員調查之；若耕作成績佳者，給予地契，產業爲其所有，五年後漸徵收稅，屯兵開墾，一舉兩得．歐戰時，軍人赴戰時間甚短，失業者尙少，多回原職；若無職業，政府設立工廠收納之，其欲繼續求學者，入專門大學，不收學費，且給以津貼．

2法國　法國當那破崙時代，幾乎全國皆兵，退伍後失業者甚多．那破崙大帝，將退伍軍人都使其作開墾造林兩事，因法國素有兩大患，幾乎不能立國．一爲其國西南部濱海地方飛砂的災害，全國三分之一的土地，因飛砂的災害幾不能耕作．二雲斯Vosgue，阿爾破斯ALps等大山脈佔其國全面積三分之二．因各山都荒廢童禿，每遇大雨時，山上洪水急流，挾砂攜石，冲刷而下，附近地方，完全冲沒，每年損失，不可計算．那破崙大帝，使退伍軍人於西南濱海及此數山上造林，造成三百餘萬畝的森林，用款至一千五百餘萬元．不六十年間，每畝森林之價値在二百元以上，而飛砂洪水兩患都除了；又與

國家增加莫大的收入．一舉數得，此事誠法國驚動世界的偉業．英法兩國待遇退伍軍人的法子，如此良好，請看我們中國如何．

3中國　中國政府近來對於退伍軍人，並無所謂待遇，退伍時不過收槍收衣而已！一方面荒山荒地，觸目皆是；洪水旱魃的災害，年年都有；一方面退伍軍人無術生活，流爲盜匪，所以中國將來待遇退伍軍人的法子，宜仿照法國爲宜．

七，中國兵多之患　中國兵額，從前有三十六萬人，現時大約在百數十萬以上．中國人口，號稱四萬萬，但女子及老幼殘廢不能生利者有三分之二——餘下三分之一，爲健全的；但此三分之一，軍人佔其大數，更加上官吏，讀書人等之寄生的，所以生利的人甚少，分利的人太多；統計生利者不過十分之一，分利者有十分之九，如此情形，國家經濟，受莫大的損失，國家怎樣不貧弱呢？

八，中國軍人之前途　中國軍人的前途，可以以下兩種原因推定．1兵額太多，餉糈的供給浩大，政府窮困，國民無力負担；勢不能久存．2徵兵制度實行，

就此兩種原因看來，中國軍人的前途，非將來有他項職業不可；軍人的職業以開墾造林作工爲宜，

九，海陸軍與二十世紀　就世界近世史考之，在戰爭上最勝利的軍備有三，也可以分爲三大時期，1十八世紀之陸軍，當十八世紀，法國陸軍，雄厚强壯，挾制全歐，除俄國外，歐洲各國，無一不被法國陸軍的摧殘，所以此時期可叫做陸軍時期．2十九世紀的海軍．英國爲島嶼國家，限於土地人口，陸軍不易發達，所以力量薄弱，不足與德法抗衡；乃竭力擴張海軍，挾制德法的海權，大擴充海外殖民，如澳洲，堪那大，斐洲，印度，漸漸到了我們中國．各國陸軍不能與之抗衡；英國於是稱爲世界的强國，執全球的牛耳，所以此時期，可叫做海軍時期．3二十世紀之科學．在歐戰以前，各國都自恃其海陸的勢力以決雌雄，既到了戰了二年的時候，戰壕深挖陸軍死傷數百萬人，祗奪得數尺土地，勝負難決；海底魚雷．封禁港口，軍艦亦不能進行．而飛艇電力，毒氣等遂變爲戰爭的利器，於是各國都知海陸無用，軍人只任守戰壕，候科學的發明

；一時科學家，大爲忙碌，發明種種科學方法，用於戰場．到了歐戰以後，各國皆知今後國際戰爭．海陸軍無用，所以才有華盛頓會議，裁限軍備，假借人道主義，世界大同美名；其實明知海陸軍無用．爲節省經濟，注重科學而已！若眞心來謀世界和平，爲何不取締飛艇呢？爲何不禁用毒氣電氣等物呢？因爲他們對於科學都有把握，都有發明，足以自禦，足以攻敵．試看他們戰後所發明的利器，如英美所發明的毒雨，載在飛艇上，由空中撒於地上，經日光一照，變爲毒氣，凡六方里以內的生物，都要死絕．此毒雨，因英美爭制發明權，才暴露出來的．又如英國有一科學家所發明死光，坐在家中，用電力駕駛飛艇一軍艦．此科學家向其政府要求高官厚償，英政府試驗成績不佳，不允給予；伊乃擬售於法國政府，此事因而暴露，其嚴守秘密，而世界不能知到的，不知尚有多少．今後海陸除保國內治安外，對於國際戰爭是無用的．所以二十世紀，可以叫做科學戰爭時期．由這一條看來，又證明中國之軍隊，將來非裁遣一大部分不可也！

十，結論　就以上所講的看來，中國的軍隊，將來非裁遣一大部分不可．所以軍人為將來自身生活計，為國家經濟計，現在宜於講武外，學習特別技能，預備將來裁遣後有謀生能力；但軍人應以學習什麽技能為宜呢？以現在中國的情形看來，非實行兵農兵工政策不可．不然，軍人退伍後，沒有謀生的能力，裁兵終是不能望其實行的了．

第二章　實行兵農兵工之辦法

一，中央設立總籌備處．中央政府設立總籌備處，以籌備實行兵農兵工的計劃，為推行兵農兵工的總機關，

二，各省設立辦事處．各省設立辦事處，辦理一省的兵農兵工事宜．

三，各軍之大本營駐紮地點設立農工教練所，兼辦左列事項．各軍大本營設農工教練所，延聘專家，先從軍官教練起，由軍官再教練兵士．有人說兵士大都來自田間，素知農作無須教練，不知鄉間老農，專依經驗，不知學理；經驗易地有時不能適用，所以要明學理．至於工業一項，非有專家教練，是不行的．

甲·調查

一，本地之農林業狀況·調查本地的土性氣候·及農產物種類數量，價值，林產物，樹木種類；用途，木價，及一切附產物·

二，本地工商業，及經濟情形·調查本地工業種類，及製造情形，商業的商品，銷路·再本地經濟是否活動流通等情形·

乙，攷查兵士之資格—以其性格相近之技術分派學習·兵士的資格不一，有曾爲農的，曾爲工或商的·先一一攷查之，就其素所專長或性情相近的技術，分派學習之·

丙，籌備或管理農林場或工廠，以備兵士就地實習·籌設農場林場及工廠，以備兵士就地實習·

丁，編輯農工白話叢刊，發給鄉人及軍人，每月或半月或十日，編輯白話農工叢刊，說些淺近耕作造林，及一切工業品製造方法，發給鄉人及軍人，以灌輸普通農林工業知識·

第三章　邊疆兵農政策

邊疆兵農政策，就是屯田的政策．就中國現在的情形言之，屯田政策，雖馬上不能實行，但現時不能不預備．茲將古時屯田制，及屯田的好處並屯田的辦法，給諸位說說，

一，屯田制略史　屯田的法子，創自漢文帝．漢武帝時屯田車師渠黎．(新疆)漢宣帝時他的臣子趙充國屯田青海．三國時候曹操屯田許下(河南許州)與安徽河肥等地方．諸葛武侯屯田渭濱．這是從古屯田的略史．今天沒有功夫，在這上頭來詳細的講演，我們知到這屯田制是數千年前已經有了的就夠啦？

二．古今屯田之比較　古時屯田的目的，因爲轉運軍糧不靈，乃自耕而食，以逸待勞．將來的屯田目的，除如上述以外，又有；一，利用國土．因內地人烟稠密．而邊疆各省地荒人稀，所以要屯田邊疆，以利用國土．二，安置軍人生計問題．三，改良農村．鄉間的農人頑固守舊，難以改良農村，軍人在邊疆作爲模範農村，以爲提倡改良農村的先導

三，中國之人口問題　近來多以中國人滿爲患，生衆食寡，生計日艱，所以都引爲可慮的事；這種思想的來出，有三種原因·　一近來的物價騰貴，生活程度日高，物產供不給求·　二謀生之道艱難，游民甚多，分利寄生的人日衆，三人口增加甚速··馬爾塞氏malthus爲英國的大統計家，氏所著人口論上曾說：世上人類，若無天災兵禍疾疫等災，全世界人口，每二十五年一增加一倍·氏此學說一出，世人多以人滿爲憂，因爲　一近時衛生醫術極發達進步，能減少疾疫，使人不致有夭亡之患·　二科學發達，能減少天災·　三人道主義發達，戰事雖不能盡免，但戰爭以服人爲目的，不在殺人·就這三種情形看來，人口只有增加，不能減少的·人口有加無已，土地有限，眞是可怕？但是人口有加無已，實不足爲患；足以爲患的，就是只有人口的增加，無有利用人民使其生財之道·中國人口，據民國十一年郵局所調查，爲四萬四千七百餘萬人；再看其分部的區域，都聚積在三江流域，卽黃河長江珠江，此三處人烟稠密，平均每英方里，有六七百人之多；西北邊疆數省，如蒙古，新疆，陝（陝西

好些）甘等省，每英方里不過數人，一方面工商業不發達，人民蝟集，十九是游手無業，分利寄生的份子．一方面沃野千里，無人開闢，任其荒蕪，廢棄人工，廢棄地利，像這種情形．人口增加，實在可怕的很．設若工商業發達，人人能爲社會生財，那怕他人口增加呢？因爲經濟學所說人工就是生財要素之一．再進一步言之，若能利用國土，使無尺寸荒蕪，也是社會生財要素之一．例如比國德國，在歐戰以前的人口，每英方里，都有五六百人之多，怎樣不聞他們以人滿爲患呢？因爲他們能發達工商業，使人工生財；能利用國土，爲社會生財；如像這樣，那麼人多非僅不足爲患，且很有利於國家，怎麼說呢？第一因爲人民是一國的基礎，一國的大小合存亡與人口的多少，有直接間接的關係．中國所以存在世界，爲最老國家之一者，也就是人多的緣故．在昇平時候，人民多少，人多不甚注意，一但有戰事發生，人口惟恐其不多，歐戰英法各國，因人民不夠用，大招華工，美國預算，若歐戰再延長一年，非再增加一千五百萬人力不能夠戰勝德國．由此以看，所以人口增多不足爲患，在乎能否利用

耳！

四，墾荒邊疆之需要　以上所說利用土地爲挽救人口增加之患，所以中國之墾荒邊疆，爲刻不容緩的問題；因爲國家的地位不同，茲再將各國治國的政策，取作引鑑。(甲)島嶼國家的政策。島嶼國家，國土狹小，人口增加不已，如像英日等國，土地利用盡淨，仍是供不給求，所以非發達工商業不可。(乙)大陸國家之政策。如像中國美國德法諸國，利用土地。開採礦產，閉關自守，足以自存，所以美國有門羅主義。我國地大物博，荒野極多，所以墾荒邊疆，利用土地爲圖存的不二政策。

五，增加社會財富之方法

1利用土地　利用土地爲增加社會財富惟一方法。美國用及砂漠。法國西南三省地方。從前荒廢，不能耕作，後政府造林，現時每畝，約值二百元。

2利用天然物產　天然物產，如像水力，礦產等，都是取用不竭的。

3發達工商業　工商業發達，則社會自然富足。中國現時實無工商業可言，號

稱爲國貨的，但他的原料都來自外洋，如火柴等國貨，至於商業，只內地經營，彼此互易，並無國際的競爭，所以非極力發達工商業不可．

4發達國民之技能　用教育培養國民之技能，使其各有專業，不爲社會寄生分利的份子．

5增加物質的功用　物質功用增加，那麼可以省許多人工，去另謀生財的方法．譬如電車，汽車，開行了，可以省下人力車夫，去作他項工業．

6培養有用之國民減少游惰的份子　有用的國民多，游惰的份子少，則國家自然富强．

六，邊疆兵農之辦法　欲實行邊疆兵農，其辦法應先設立殖邊調查所，調查所應辦事項如左：

1調查　調査荒地的多少，土性的好壞，氣候的情形及動植種類．

2分區及計算各區之出產量　分區後，各區的出產量須先預算之．

3預算墾殖之經費　先須預算墾殖的經費，以便設法籌措．

4籌劃墾殖之方法　籌設軍人模範鄉村，以爲改良農村的先導。

七，經費問題　無論辦理什麼事，都非錢不可，所以想實行邊疆兵農，經費爲第一問題；但政府極爲貧窮，恐怕無錢辦這樣的事，我個人想幾種籌款辦法，不知可行與否？與大家討論討論

甲，發行兵農獎券　仿照紅十字會合卍字會辦法，發行兵農獎券，人民買下獎券，一方面爲國家辦理殖邊事項；一方面有得獎希望，買獎券的人想必踴躍。

乙，官民合辦兵農銀行　仿照歐人洛費生的鄉村銀行辦理，（洛費生銀行，在歐美各國極其通行，即每鄉村設銀行一處，凡本鄉人民，都入股作股東，並可儲蓄款子，又可以微利貸資鄉人。）不過兵農銀行，與他不同的地方，就是資本由官民合股。春夏貸款軍人，取利極微，凡軍人有款，可存銀行生利。

丙，軍人殖邊銀行　除兵農銀行外，亦可設殖邊銀行，其資本即以軍人欠餉充

之．近年以來，政府積欠軍餉甚巨，如像北京陸軍，參謀兩部，欠餉大約都在一二年以上；各處軍隊，大概不欠者甚少．此項欠餉，將來不發給本人，直接投入銀行，付軍人以股票，使他作銀行股東．以上三種辦法，可因地方上之便利，擇行其一，或并行之，亦無不可．

八，結論　以上三章，把兵農兵工的需要，實行兵農的辦法，並邊疆兵農政策，都講了個大概．我再把他總結起來說說：

一，中國人口極多，而無業游民，寄生分利的人，佔十之七八．

一，一方面廢棄地利．如西北各省，荒野一片，如臨沙漠；一方面廢棄人工，游惰無業的人極多．

一，救中國的根本辦法，在乎生財，生財的要素，一，在乎利用土地；利用土地，非墾荒不可．一，在乎利用人工「勞力」，人工以軍人爲最且．

一，欲利用人工，利用土地，以挽中國的貧弱，都非軍人不可．所以今日作軍官的人，非僅在教練軍人講武，實負有教育合實業的責任，

中華民國十三年九月二十九日初版

（暑期學校講演第一集一冊）

（每冊定價大洋叁角不折不扣）

（外埠酌加郵費）

講演者　陳定謨　王桐齡　陳鐘凡　李幹臣

編輯者　晁蔭昌

發行者　國立西北大學出版部

印刷所　藝林印書社

總目錄

目錄

中學國文教學法

陳鐘凡講演
薛聲震
皆健行 筆記

第一講 國文教學法之目的

關於中學國文要旨元年教育部令之規定，其條文如下：

中學校國文要旨，在通解普通語言文字，能自由發表思想，並使略解高深文字，涵養文學之興味，兼以啟發其智德。

按此令可分形式與實質兩項言之：

一，形式

1，通解普通語言文字；

2，發表自己思想；

3，略解高深文字。

二，實質

1，涵養文學興趣；

2，啟發智德｛瞭解人生眞義；
瞭解環境現象及時代趨勢。

又新學制課程標準委員會所定中學國文要旨如下：

A，初中教授國文要旨：

1，發表思想；

2，能看平易古書；

3，引起研究文學興味。

B，高中教授國文要旨：

1，欣賞文學名著；

2，使用古書；

3，繼續發展語文技術。

總合前面兩種說法，我們可以另外列舉中學的教學法要旨，約分四項討論：

1，充分憭解現代的語言文字。　這可分兩項說：

A，對於現代社會普通語文，能充分憭解。　我們所說的「普通言語」，就是指一般人能懂的一種言語；「普通文字」，就是指報紙書牘以及各種應用

的文字，要使學生能充分憭解。

B，對於現代社會各項文字法式，能自由運用。所謂充分憭解，就在能夠應用。像普通的書牘，契約同一般的公文，學生都應當會作。不然就要像漢朝的博士，不能寫驢劵，那有甚麼用處？

2，自由發表個人的思想。這也分兩層說：

A，關於智識的思想。就是對於各事的見解，能把牠自由發表出來。

B，關於情意的活動。對于一切的事，能發表感想；或對于事物所生的情緒。

3，能閱讀古代文藝。初中的學生，本沒有研究國學的必要，這裏又說古代文藝，似乎覺得有些衝突。但是研究國學的範圍很大，凡是古書，差不多都要研究；而這裏說的只是文藝，不過是古人發表情感的文字，占古書極小的部分，所以說要能使學生有閱讀的能力。這也分兩項來說：

A，鑑賞古今文藝，培養美感。這主要的宗旨，在能引起文學的趣味，同

看古物是一樣的性質。比方我們到古物陳列所裏，看見那「商彝周鼎」……古色古相，自然發生一種鑑賞的美感；學生對于文藝，也是相同的，到了那「可歌可泣」「手舞足蹈」的時候，自然發生一種濃厚的美感，這種美感，漸漸的培養起來，于學文學前途很有益處。(這層對初中稍重些)。

B，略明中國固有的文化。中國有四千多年的文化，並且很有聲光。這種文化材料，許多可以在古代文藝品裏尋求。所以學生閱讀古代文藝的時候，可以使他們略明中國固有的文化，才能知道我國立國特的有精神。(這層對于高中稍重些)

4，啟發思想並瞭解現實生活。前面(一)說的是發表個人思想。這條是說啟發思想，就是啟發學生未發的思想。分二層說：

A，觀察並批評最近環境，及時代趨勢。環境同生活是有直接極大的關係，環境好，生活自然覺得適宜；環境不好，生活也要感覺痛苦。使學生對

于他所處的環境，加以詳細的觀察，和正確的批評，以作將來改良的準備。至于時代趨勢，也要有觀察和批評的能力，才能知道人民應該取何態度來對待這種潮流。

B，憭解人生眞義。人生究竟是可悲呢？還是可樂呢？如果可樂，我們就要使學生怎樣對于社會上接近？怎樣能達到人生的目的？

C，明憭共和國家立國的精神。我們旣是共和國的國民，就要明憭共和國立國的精神。甚麽是國民的義務？如何負我們的責任？全要教學生明憭，以達教育目的。

以上B，C，兩條，就是元年部令的「啟發其智德」一句話。這個部令，是大部因襲日本的，日本人所講的智德，是有點服從天皇的意思。並且「智」「德」二字稍嫌含混。所以我個人的意見，分作B，C，兩條，比較淸楚多矣。

以上1，2，3，4，各款，是混合高初中學說的，以下再分開講述之：

初中教授國文要旨：

1，憭解普通語文，能閱讀通行書報；因之明憭現代社會大勢。
2，運用普通語文，能發表情感，思想，並記述事物。
3，引起研究文學興趣。
4，略識中國固有的文化。

初中學生能達以上的程度，才是我們教學的目的。

高中教授國文要旨：

1，明瞭現代社會趨勢及「平民主義」之精神。　前面說初中有明憭現代社會大勢一層，這裏說的比那高些。

2，繼續發展語文之技術。　所謂繼續發展，就是說：在初中時不善作文言文，到高中則要發展到能作的程度；在初中止能作短篇文字，到高中要發展到作長篇的能力；在初中只能作普通文字，到高中要發展到漸有文學思想的文章等。

3，培養讀古書能力。　前面新學制課程標準委員會所定的高中教授國文要旨

裏有「使用古書」一條，我覺得使用古書，非常的難，不是高中學生所能辦到的，所以我在此處改爲「培養讀古書能力」，比較上覺得合宜。

4，鑒賞古人的文藝名著。如讀屈原的離騷等書，能使人得到一種藝術化的優美人生，這比初中之僅「引起文學趣味」高深些。

第二講　教材

第一節　教材之選擇

以前舊教學法所以失敗的原故，多半就在教材選擇的不當。我們試把商務印書館出版的中學國文評注讀本第一册的目錄看看就知道了：什麼說鈞，遊小盤谷記一類的記述文，在舊制一年級的學生，或可以明白；像秋聲賦就恐怕不能十分明憭。至于漢高帝論……等說的與學生全沒關係；還有海瑞論一篇，我們尤覺得選的不當，因爲海瑞這人恐怕教員能知道他的事跡的就很少，何況學生呢？並且開頭就說甚麽「有明一代人才，皆偏于過剛者也」的話，學生那裏能知道明代的學風？那裏能知道海瑞的性格？驟然就給他講論斷海瑞的文章，這不是等於癡人說

夢一樣？這樣學生怎能受益？舊教法怎不失敗？

我們再看新教學法所采的材料，如商務印書館出版的中學校用白話文範，所有材料，完全是同現代的社會有密切關係的，完全是學生願意知道的。這樣教來，學生自然容易明瞭，自然快愉。從這看來，我們可以得到一個教學原則：關係成功和失敗的，就是「興趣」。說到這，裹大家不要誤會，所說的「興趣」不是像有一般教員，並不能引起學生注意，故意在教室裏說些不相干不正當的話，使得大家發笑，這是最不對的；否則，我們可以不用教員，簡直可以用戲台中的小丑，使人發笑的能力更大了！所以「興趣」的範圍，不能出乎教材以外。

第二節　選擇教材標準

教材選擇的標準，可分形式，實質兩層說：

A，形式

1，記述明白。　如山海經，也是記述文，但深奧不適用。所以要選擇最明白的，學生才能領悟。

2，合于文法　文章的字句，均要求合於文法。若只求美觀，不合於現代文法的，不可採用。

3，不背論理　文字是語言的代表，論理是語言的法則，所以凡有背於論理的文，不可採用。

4，適於模範　中學生還不能創作，只能模仿。所以要選易於使學生模仿的文章，學生才容易得到益處。

B，實質

1，合於青年之心理　青年最樂道的爲「性欲問題」，但性欲有礙青年之修養且能使學生人格墮落，所以我們要極力改正這層，以正大的言論，引起學生高遠的志趣。

2，接近青年環境　要與耳聞目見的接近，像現代的經濟問題，國家問題，世界問題，人類問題等。

3，不背時代精神　我國現今既爲共和國家，不應拿秦皇漢武張良韓信等論

使學生讀，不應使學生崇拜這一類的英雄。要使學生明瞭現代的趨勢，及共和國立國的精神（前面已說過）

4，表情眞摯

5，富於審美興趣　此二則近於純粹文學。如詩歌戲劇等，富有美術價值。

6，討論學理　討論二字，不要疏忽誤會。在舊式教學者，每講一篇文章，解釋之乎者也諸字，就先要占去了半點鐘，況所選的材料，多是古人議論，學生毫無討論之餘地。現在語體文中，即無字句可釋，就要注重討論。但注重討論的流弊，也是很大。有些教員，專用主觀的見解，第一時講社會問題，他便自己覺得他是個社會學者；第二時講經濟問題，他又變成了經濟學者；第三時講勞工問題，他又變作了宣傳社會主義的人；第四時講……哎呀！這個萬能的討論家，倒把他本身是個「國文教員」忘却了！像這樣就生出兩個大誤會：第一：許多問題，一個國文教員那裏能夠完全明瞭。若是把自己不能明瞭的，不問錯誤不錯誤，向學生亂講，這就可以說

教員「不道德」。第二：學生聽了這一片的高言，最容易養成種種「偏見」，覺得和教員不同的言論，全是錯的。這樣看來，舊式全不討論，本是不對；但一般自認爲新的人，只一味盲從的討論，又有以上的利害。那麼討論學理的標準，究竟如何？以我個人之見：第一要客觀的討論，凡人談論事物，好拿出主觀的見解，但討論學理，要力避主觀，而用客觀的態度，得到的才能眞實。第二：要向教材裏面討論，不可出乎教材以外的事情。第三：要學生互相討論，教員不過立於旁觀指導的地位。

第三節　教材體式

教材體式，也可分形式，實質二種：

A，形式上區別

1，文言文

2，語體文

關於此兩種教材，孰先孰後，世有三說：

1，分教； 初中教語體文，高中教文言文。
2，合教； 初中重語體文，高中重文言文。
3，間敎； 間月或半年教文言，半年教語體。

這三種說法，我們覺得第二法(合敎)適於採用，因爲第一法不適用之點在高初中不能絕對分教，若絕對分教，初三與高一啣接時就要感受困難，第三法不適用之點，在學生忽習文言，忽習白話，文言文的程式沒有明憭，又學白話，白話文的觀念沒有淸楚，又學文言，敎來教去，學生學的不文不白。所以採用第二法(合敎)的好處可以免去第一法啣接時的困難，和第三法漫散無主的流弊。

B，實質上區別
1，記載文
2，敘述文
3，說明文

4，辯論文

以上關于事物及思想之文，初年級重視之。

5，詩歌

6，戲劇

以上關于情感之文，高年級重視之。

第四節　初中學課程表

1，必修課表(暫擬)

學科	第一年級學分	第二年級學分	第三年級學分
國語文	四	四	三
語法	二		
淺近文言文		二	三
作文	和筆記 一	一	一

書法	一	一	一
演說辯論			一
課外閱讀	二	二	二

2，選修課表

學科	第二年級學分	第三年級學分
國語	二	
書牘文	二	
公文程式	二	
詩歌選讀		三
戲劇		三
商業書簡	職業科送二	二

高中學程表

1，必修課程

學科	第一年學分	第二年學分	第三年學分
文言文	四	四	二
課外閱讀	二	二	二
應用文	一	一	
文法	二		
演說辯論	一		
作文	（文言文）和筆記一	一	

2，選修課表

A，普通科

學科	第一年學分	第二年學分	第三年學分
文字學	二		
文學史		二	

文學概要	二		
文學批評			二
學術論著		二	
語音學			二

B，職業科（師範科及商業科）

學科	第一年學分	第二年學分	第三年學分
兒童文學	二		
國文教學法		二	
古代史			二
商業文	二	二	

第一節　教學原則

教學方法是沒有一定的；各人各法，都能收很好的効果。所以不能拿一個方法，作機械的模範；使一般教學者都受這方法的拘束。但是教學方法的原則是沒有大出入的，略舉數條如下；

1，注重學生自動　舊式國文教學的失敗，就在不能使學生自動。每上教室，教員直講，學生毫無工作，或看小說，或相談笑，教員竟不能維持秩序。這全是因爲教員一如講平活的態度，但又不如講平活的，因爲講平活的還能引起興趣，而教員只是無聊的說書。所以要注重學生自動。

2，指示研究方法　學生自動本不是易事，初中學生尤覺困難。所以教學者指導自動的工具與途徑給學生是他唯一的職務。如一篇文章背景怎樣，義意如何，及其應參攷的書爲那幾種等……

3，授與參攷材料　譬如所選的一篇文出于何書，作者在當時所占如何地位，本篇在其集中所占如何地位，對于作者歷來有如何的批評，等類的書，

教者應詳細檢出，放在研究室裏，使學生參攷。所以敎員大半的工作，不在堂上而在堂下，

4，啟發研究興趣　研究方法及參攷材料都有了，然而還有一種弊病就是有些學生不自己去研究參攷，待同學有研究的結果，照樣抄來，算作己有，或爲顧全面子，非自己樂意，這些弊病全是因爲不能啟發學生研究興趣所致。孔子說：「知之者不如好之者；好之者不如樂之者。」我們想教學生達到「樂之者」的地位，就在能啟發他們的研究興趣。如孔雀東南飛一篇，教者應先稍講現代家庭問題，再告學生說：「這篇是二千年前女子在家庭裏的狀況」。在文體方面應先說五言詩的起源，次說這篇詩在五言中爲最長的一首。學生知這一篇在文學上有如此大的關係，自然能發生興趣。

5，陶鑄學生的人格　要打破頹廢的消極的偷惰的思想，建設新生命的新精神。如關于愛惜時間方面有：沙彝，今……等篇；求正當生活方面有：一個人的生活，知不可爲而爲主義與爲而不有主義，風雨之下……等；論生

命存在的意義有：不朽論，自由，人類之將來，自殺論，……等；關于現代精神者有：新思潮的意義，精神獨立宣言……等；關於社會狀況者有：故鄉，狹的籠，隔膜，人間世歷史之片，新聞記者……等；特殊責任方有：習慣之打破，智識階級的使命……等。（國語讀本第三册，民智局出版。）

6，與以質疑的機會　教授鐘點內預先定出些時間，容學生質疑問難。

7，互相討論　現今的一般國文教員，專鶩討論的弊病，前已說過。此處我所說的討論，是專就教材以內的而言。其討論的事項如下：

A，句讀上的討論　句法的簡繁，句讀的分析等事。

B，章節上的討論　一篇文章應分幾節？每節的構造是否合宜？都是應當討論的。

C，文體上的討論　討論一篇文章的文體，屬那一類，並得當與否。

D，描寫技術上的討論　如水滸上的武松打虎與儒林外史所寫的打虎，比較誰描寫的好；梁啟超同陳獨秀都有一篇人生的目的何在，比較他

們誰寫的有理。

E，全篇大意的討論　一篇文章的大意何在？有甚麽價値？有甚麽得失？

照這樣的討論，才能於國文本身有益；才能免去宣傳主義者的冒牌。

8，最後的評判　學生互相討論，教員只可立於旁觀指導的地位，且評判其得失，宜用温和奬勵的口氣，不可賞責隨意。

9，使之反復練習　以前私塾裏的學生只讀不講，把學生的腦子都讀壞了。現今學校裏的國文，又只講不讀，學生對於國文所用的腦力，又太少了。所以要教學生作筆記，札記，日記，朗讀，默讀，等事，

第二節　教學程序

1，預習　我們既選定了一篇文，先要叫學生預習。預習的內容：

A，解題旨　先要把題目的旨意解釋明白。

B，辨難字　把一篇文裏的難字提出來使學生辨別形義。

C，辨詞性　既把難字辨別形義以後，再辨于詞性上屬那一部分。

D，定句讀　把一篇的句讀分定出來。

E，分章節　分一篇文爲若干章節。

F，明章旨　使學生明白章節的旨趣。

2，教授　可分爲三部分：

A，試講　所謂試講，是叫學生試講的。使學生先分講，教者定其某優某劣，再使學生互相矯正，以得正解。

B，範講　即教者有時發揮些意思，以補學生試講時所不足者。

C，訂正　訂正預習時所分的句讀，章節或文體。

3，質疑　預習和講解以後，學生若有懷疑的地方，當提出時間互相質問。

4，文法討論　討論古代文法和現代有甚麼不同；文言和語體的文法有甚麼異點。

5，討論或批評　前面說過，討論或批評一層，最容易出範圍。應當嚴守範圍

，專就本文的內容着力。

6，誦讀　一篇文既講解清楚，討論明白以後，應當使學生誦讀，至於如何誦讀？下次專講讀書的時候，再說明白。

7，背誦及默寫　重要的地方要提出使學生熟讀，能背誦，默寫。

8，提綱紀錄　以上的工作完畢後，學生對於一篇文，自然有相當的心得，可以總合以上所討論的結果，使學生提綱的寫出。

第三節　記敘文教學法(在初中一二年級注重)

1，參考(預習)

A，關於作者的參考

甲，略歷　作者的出處是必定要知道的，因爲作品可以表現作者的個性，所以知道了作者的略歷，背景，才能明瞭作品的眞象。

乙，作風　研究作者長於那種文藝及其風格。

丙，文藝派別　作者是那一派的文人？或在文學史上占甚麼樣的位置？要

預先知道。

丁，著述　檢查作者有那幾種著作？是否出板或散佚？通行本有那幾種？以便參致。

B，關於作品的參致

甲，時間　記敘某時間的作品，或作品是某時產出的。

乙，地位　記敘某地位的作品，或作品出於某地。

丙，原書價値　如項羽本紀是很有價値的一篇作品，在未說項羽本紀以前，要先說史記有甚麼樣的價値。

丁，本篇在原書中地位　如項羽本紀一篇是司馬遷用心刻意之作，在史記中是最精采的。所以項羽本紀一篇是最有價値的作品。

戊，篇中事實　要考證篇中所記述的，和事實有沒有同異的地方。

2，研究

A，作法

1，體裁　研究這篇文屬那一種文體？這一種文體應當如何作？

2，描寫方法　如記事文有拿事爲主的，有拿地爲主的；寫景文的描寫方法，多半是拿地爲中心的，如作遊華山記，先遠遠的描寫，再節節進步，以達到目的點。

B，意義

1，材料　研究篇中用的材料是甚麼？

2，背景　研究當時當處何以能發生這一種的事實？如「完璧歸趙」一事，藺相如何以敢在那威嚴無比的秦王面前作出那種勇事？又如華山上的氣候，巖石，土味和別處不同，所以山上的生物與風景也一定和別處不同。這都可以在時間和空間的背景裏尋出他們的原因（此處所謂研究仍是指學生自己研究）

3，討論或批評　大概可分作兩項：

A，作法的討論，批評　同一事實，而作法有許多不同的，如晉太子申生被

害一事，左傳，公羊，穀梁和禮記中檀弓，都有記載，短的只數十字，長的有二三百字。我們要討論這幾種的記載，那一種得法；批評這幾家的描寫方法，那一家比較上最優美適宜。

B，作意的討論，批評　記述文本不應夾雜議論，但有些有很深的作意，含蓄在裏面，不可不研究的。如太史公作史記，對於他人記述的都沒有對於孔子的詳細。又當時社會對於游俠，刺客都抱看不起的態度，太史公偏爲他們作了許多的傳，將他們的社會革命思想活潑潑地表現，發揮出來。又如西洋小說，有的分明是一種寫實文字，但是作意方面，常常是一種甚麼主義的宣傳書。像以上的文字，都應當討論他有何價值，到後來有甚麼影響。教學生互相討論，教員作最後的批評。

4，讀後感　學生討論之後，先生方可說幾句話，可與以最後的批評。對於何人的討論表示同意，對於何人的應當修正。再教學生各作讀後感一篇以資練習。讀後感也可分作兩部分作：

A，抒感　自已有甚麼感想發揮出來。

B，餘論　對於一篇作品表示贊許或否。

第四節　論說文敎學法(在初中二三年級或高中一二級注重)

1，參考

A，關於作者的參考

甲，略歷　如讀胡適文存應知胡適是安徽績溪胡氏的後人，是美國留學生，回國後作北京大學的教授……

乙，學術思想　如胡適是實用哲學派的學者……

丙，著述　胡適著有中國哲學史大綱……

B，關於作品的參考

甲，時間。

乙，地位。

丙，事實　如不朽論所討論「小我」與「大我」之關係

2，研究

A，形式　甲，體裁：如不朽論爲語體　乙，句讀：……　丙，章節：……　難字難語：……

B，意義　如不朽論｛推倒的｛神不滅。三不朽。　建設的—社會的不朽論。

3，討論或批評

A，作法　甲，討論：如不朽論先說推倒的，後說建設的，最後總結大概。先大前提，後小前提，最後結論，是用論理三段論法作的　乙，批評……

B，作意　甲，討論：如不朽論所說小我死，大我不死，而大我不朽，則小我亦可寄托不朽。　乙，批評……

4，讀後感　以上的討論要用客觀，到這裏可用主觀寫自己的感想。

第五節　文藝文教學法（高中一二三年級注重）

1，參致

A，關於作者的參攷

甲，歷略　如李白杜甫兩人的歷略可以在正史或別的記載裏參攷，李白是何如人，杜甫是如何人。

乙，作風　如李白的天資很高，有宕盪不羈的風致，可以說是浪漫派底詩人；杜甫的學力很深，寫天寶間社會的狀況，悽涼沉痛，令人不堪卒讀，後人把他的詩叫做史詩，可以說是寫實派底詩人。

丙，文藝思想　如李白刻意仿古，所作的多古風。杜甫盡力創造，作的詩多當時的新體。從這裏看來，一個不羈的李白偏重模古，篤實的杜甫倒偏重創造，都很有研究的趣味。

丁，著述　如李白有太白集；杜甫有工部集等。

B，關於作品的參考

甲，何時　如律詩到隋才有萌芽，到唐才大盛，這時甚麼原因呢？我們可以在時代的關係上推求，因爲聲律音韻六朝人才發明，加以中國字就有

對偶的天然形式，所以兩項調和起來，自然有律詩的趣勢。所以關於一種作品第一要知道他的時間關係。

乙，何地　各地的景象，氣候，一切的環境都不一樣。所以各地的作品也就不同。在我國的古代文藝——如詩經楚辭——裏就可以看出來，如北方人的詩，每提到自然界就有一種可怕的樣子。像「北風其涼，雨雪其雱。」「終風且暴」等，都很可以表現出北方地理上的環境和人民的感覺。尤其以地理的關係影響於宗教思想的更容易看出。如：「皇矣上帝，臨下有赫，……」「旻天疾威，敷於下土。」等詩，可以見北方人對於神的想像，是一種極威嚴極可怕的形狀。再看南方人的文藝作品裏，對於自然界都是優美的感想。如九辨裏說：「……泬寥兮天高而氣清；寂漻兮收潦而水清。」對於神的觀念，多抱一種可愛可翫的態度，如大司命裏說：「靈衣兮被被，玉佩兮陸離。」又如：「君迴翔兮以下，踰空桑兮從女；紛總總兮九洲，何壽夭兮在於；高飛兮安翔，乘淸氣兮御陰陽，吾與君兮

齊速，導帝之兮九坑。』看上文就可以知道南方人沒有自然界的恐惶，處處都感着優美。所以理想中的神，也是和平可近的，不是那赦然有威，巍然可畏的樣子。

丙，何書　參考所選的一篇文出甚麼書裏？

丁，在作者著述裏占甚麼地位？

戊，事實　文藝文今可以與事實無關，專寫想像；但有些寫實文藝文，我們也必須同事實參攷。

己，批評家批評。

2，研究

A，作法的研究　文藝文是純粹文學，同記敘，論說等雜文不同，所以其作法的研究亦異：

甲，體裁　文藝文的體裁非常的繁，除通常文體外，又有詩，歌，賦，騷，詞，曲：：等體，都要教學生研究他的作法大概。

乙，質地　就是研究一種文藝作品的本質裏面所寫的是甚麼東西？如孔雀東南飛是寫漢朝當時黑暗家庭的詩；水滸傳是寫北宋末年社會情形的小說；紅樓夢是寫貴族男女癡情的小說。

丙，布局　研究一種作品的穿插，組織的方法。

丁，描寫　文藝文的描寫法比記叙文要難一層。如水滸傳描寫一百單八人，就是一百單八個樣子，個個的神情始終如一。所以有人說未作水滸傳以前，先畫了一百單八個像，細細揣摸得個個的神采，性格，再動筆描寫。紅樓夢雖是描寫的普通人事，然寫得深入書中各人的情緒，也是最不容易的。文藝文要是描寫的不得法，那麼就要像舊戲裏伶人的演戲：文官總是四方大步；武將都是一跳三尺；笑起來只哈哈一片；氣起來只搖頭擺鬚。那麼就不配當文藝二字了。

戊，背影　如水滸傳是北宋末年，政治腐敗，逼人爲寇的產品；紅樓夢裏的事實，是貴族家庭腐敗的背景。

已，關係　同月暈輻射是一樣的，如紅樓夢不是突然就寫寶玉如何不學，如何胡作乱爲的；定是先寫他祖母溺愛，賈政疏忽，種種關係，才能養出這不學無術的子孫。

B，作者的研究

甲，作者的個性　我們是不識得李白杜甫的，然讀了他們的作品，就可以知道他們的性格，就同認識他們差不多。因爲文藝品是能表現作者的個性，所以讀了某人的作品，就可以見其個性，也可以說認識某人。現在有一本小說，叫作廣陵潮，是楊州江蘇省立第五師範國文教員李涵秋作的。這書裏寫的盡是下流社會不堪入目的事情，我想作者必是無所不爲的人，所以才能作出這種小說來表現他自己的個性。(？)

乙，作者的意趣　研究作者的用意。

丙，作者的生活　如曹雪芹何以能描寫貴族的內幕惟妙惟肖呢？因爲他幼年就在貴族裏生長，享過貴旅的風味；趙松雪畫的馬何以在藝術上有極

大的價値？因爲他曾裝過馬，去領會馬的性格。所以看作者的生活，也就可以知作品的背景。

丁，作者的思想　如在舊戲裏有許多戲，都是表演一個男人娶幾個妻子。這就可以見作戲本的人有一夫多妻的思想。

戊，作者的情緒　如作水滸傳的人的情緒必是慷慨激烈的；作紅樓夢的人的情緒必是風流文雅的。

己，作者的修養　論說文只要把自己的理由說說就罷了，而文藝文非有極深的修養不可。西洋有許多的小說家描寫平民生活，他們就混在平民社會裏，作實地生活的修養，然後發表出來的文章才有價值。

庚，藝術工夫　這一層全靠天才，同是一件事，兩人寫去，就有天淵之別。如水滸紅樓二書的思想雖不高，然藝術工夫倒很好，二書的收尾法都能致讀者生無限的感慨，正是一點藝術手段；而後來的人竟有作些甚麼紅樓續夢，後紅樓夢；……等，強要寶玉還俗，黛玉還魂，使二人結婚

，那末太沒價值了。

3，討論批評。

4，讀後感

文藝不但學文的人要研究，就是社會上一般人都要有文藝的美感，然後才能將惡劣的社會，漸漸變作藝術化的優美社會。

第四講　讀書

讀書有精讀，略讀之分：

(一)精讀　由學生先詳細誦習，再將所讀的反復研究，後將研究的結果在課堂上同大家討論。

(二)略讀　由教員指定幾種書籍，教學生作以下的工作：

1，自修。2，閱讀—求其大意。3，筆記。4，要點討論。

從前私塾裏的學生一天到晚只是讀書，全用機械的記憶，這是很傷大腦的。現在的學生却又同上面說的相反，終日只是聽講，幾乎永遠不讀一句，這也有些

不對。所以我們現在仍要注重誦習。誦習的方法大略分作兩種：

1，默讀—不發聲。

2，朗讀—高聲朗誦。

現今有人不主張朗讀的，他說：『學生朗讀只是「一片烏鴉噪晚風。」—於實際上沒有一點益處。』我以爲朗讀是不可少的，因爲朗讀可以有以下的幾種好處：

A，明瞭文意　無論作者所作的是詩，詞，歌，賦，他有一定的命意，我們若隨意看過，便不能得到他的命意，所以要朗讀才能把牠呈露出來。

B，欣賞文情　一篇文章作者有一定的喜，怒，哀，樂種種的情緒，讀者可以設身處地把作者的文情體會出來，那末讀者同作者的感情就可以合成一片，才可以說切實地欣賞文情。

C，表現文勢　文章裏面各有不同的語勢，有地方說的沈痛，有地方氣勢慷慨。我們非用抑，揚，頓，挫，高下不同的聲調，去讀作品，不能把文勢表現出來。所以朗讀不但要聲音宏亮，最重要的還在有節奏。

D，傳示聽者　讀的能有節奏，能把文勢表現出來，聽者聽見那讀書的聲音，就可領會出喜，怒，哀，樂的意義。不但讀者同作者心情融合，就連聽者也心情融合了。

若是默讀，或者僅可做到A，B，兩層，至於C，D，兩層是萬做不到的。

朗讀的重要既如上說，現在再把朗讀的標準談談：

1，節奏　讀時按着文裏的句，讀，章，節，分緩急不同的聲調，可以宣表作者的旨趣。

2，抗墜　即音調的抑揚。如此方能透露作者的精神。

3，文質　文章的質地，有處細膩，有處質樸，讀者在能證明作者的詞氣。

4，體勢　以前有些老先生們讀書，不是搖頭，就是搖腿，在體勢方面倒不能表示絲毫。我們表現文章的體勢，全要用顏面的變易，以見作者剛柔的風骨，像演戲的人表示戲情一樣的。

總之，讀者要有一定的節拍，把自己的情緒，態度，語勢等，和作者融合無

間，才能深刻的領會。

(三)批評

1，觀察　第一觀察顏面的表示；第二觀察全身的表示。

2，聽聲勢　聽讀的抑揚緩急的聲音對不對，加以批評。如此也可以見學生對於所讀之文了解與否。

3，選擇問題　選些書裏的問題，使學生回答。

4，默寫

(四)速率　默讀同朗讀那一種快呢？據東大教育科教授陳鶴琴先生試驗，以一種平易且未曾經學生讀過的一篇文，使全級學生誦讀，結果默讀的速率比朗讀快些。小學如此，未知中學如何。

(五)課外閱讀書籍

初中

1，舊小說　老殘遊記，儒林外史，三國演義，水滸……

2，新小說　托爾斯泰短篇小說，莫泊桑短篇小說，愛羅先珂童話集，小說彙刊，東方創作集………

3，討論問題的　社會問題討論集，婦女問題討論集，新文化問題討論集，國語文彙選，上下古今談………

4，關於批評的　紀敘文作法………

5，古書　論語，孟子，左傳，這三種的文字還淺顯易解，可以讀節本。此外像國策，古詩，唐宋人的文，也可以選着讀。

高中

1，小說戲曲　易卜生小說集，日本小說集，俄國戲曲集………

2，論文　胡適文存，獨秀文存，朱執信文存，新文藝批評………

3，古書　史記精華錄，禮記—讀檀弓，學記，禮運等篇。詩經—選讀。楚詞—讀九歌。古詩—古詩十九首及曹氏父子的詩。

4，專集　陶淵明集，謝康樂集，李杜的詩集，駉選，王漁洋或沈歸愚的古

今詩選，王安石文集，歐陽修文集，春燈謎，燕子箋，桃花扇……

第五講　作文

第一節　目的

作文的目的，我以爲有下邊幾種：

1，字句通順　個個字都要正確，句句話都合文法。

2，文理明晰　想像有條理，章節要淸楚。

3，思想豐富　不要帶神話的思想或偏見，要合於現代的精神及邏輯的形式。

4，文辭暢達　首尾淸通，不夾雜閒話。

5，文辭優美　文辭暢達以後，還要注重修辭，使文辭優美，方能動人。

6，情致深厚

以上前三條，可以說是初中作文的目的。第一年級的目的在字句通順，與文理明晰。第二三年級在文理明晰，與思想豐富。後三條，是高中作文的目的。第一年級的目的在思想豐富，與文辭暢達。第二年級在文辭暢達，優美。第三年級

在文辭優美，與情致深厚。

第二節　文題

1，記載文　這一類的文是寫靜的物態，初中第一年要多練習。

2，敘述文　這一類的文是寫動的現實生活，比前者稍難一點，初中二年級要多練習。

3，說明文　初中一二年級的學生差不多同小學學生有同一的毛病，就是作文開首都是甚麼「天下之人……」「人生在世……」等套語，這都是思想不正確，不豐富的緣故。說明文在發表自己的主張，說明事物的理由，所以到二年級以後的學生才宜作。

4，辯論文　辯別事理要有社會，公民，政治，哲學的常識，才能辯別是非眞僞，所以到了高中才能作這一種的文。

5，抒情文　包括詩，歌，小說，戲曲等類。到了高中二三年級才可以偶然作些。

6，應用文　卽書牘，公文等類。這一類的文在職業科要多練習。

第三節　出題

在舊敎學法裏，總是敎員出一個題，許多學生都一定要作，不問學生對於這個題有無趣味，這是不妥當的。所以我們現在要使學生對於他自己有趣味的題目去作，這樣有兩個方法：

1，自擬題　由學生理想或敎員定個範圍，學生自己命題。

2，選擇題　由敎員多出幾個題學生選擇。

第四節　時間

近來有些人主張作文不必限定時間，若限定時間，那末作文的人被時間拘束，就不能充量發表自己的意思。又有人說作文一定要限時間，不然就生出延長時間，乞人代作等等弊病。依我看來有些文不必限定時間如：論文，日記，讀書錄，批評，自由創作等在發表個人的見解；但有些文也要限定時間如：聽講記錄，討論結果錄，問答錄，寫生—實寫參觀或旅行的狀況，損益—由短衍長，或由長

縮短，互譯——詩歌譯成散文，或語體譯成文體，通信，這幾種在練習學生作文的敏捷。

第五節　補助作文

1，演說　一方面練習國語，一方面練習有條理的思想。

2，辯論　練習言語思想的敏捷與合乎論理的法式。現在新學制裏已將辯論列入作文課程。

3，戲劇　在初中只可按脚本表演，在高中當要能自編脚本。

第六節　試驗題

1，問答式　即「何謂……」「試答……」這一類的題。

2，測驗式　測驗國文常識，誦讀等事。

3，改正式　故意將一段文寫錯數字，或將句讀顚亂，令學生改正。

第七節　程度標準

其他課程都很容易按學年去定標準，如算術第一年學分數，第二年學比例，

按步就班，不致有誤，但作文的標準却難定了。第一不能拿字數作標準，因為字數與文的好壞沒有關係。第二不能拿文體作標準，如第一年作記載文，第二年作敘述文……第六年作抒情文。因為能不能作是一層，好不好又是一層，若到第六年所作的抒情文，同第一年所作的敘述文一樣不好，也可以說沒有進步。這樣看來，作文的標準如此的不易定，我們究竟拿甚麼作標準呢？別無他方，只好拿第一節「目的」作為標準，比較還妥當些。能達到每學年的目的，就算每學年的標準。

第八節　訂正方法

舊式改文，總是將好的地方連圈連點，不好的地方畫些×｜，最後寫一個極含糊的批語，學生也不理他，這如何能得益處？我們現在的改文方法，專就字，句，節，思想，四方面訂正。

A，字之訂正　注意在：(1)訛字，(2)脫文，(3)義誤，(4)不妥，(5)閒字。學生若將某字寫訛，教員可在那訛字旁寫A1記號，學生一看，就知道把某字寫訛以便改正。其餘錯字以此類推作A2A3A4A5……

B，句之訂正　注意在：（1）句義不明，（2）語氣不貫，（3）不合文法，（4）不合論理，（5）冗長，（6）句讀不明，（7）浮泛。學生若有以上的錯誤，教員標明B1B2……等記號在句旁。

C，節之訂正　注意在：（1）淩亂，（2）前後倒置，（3）不貫，（4）不稱，學生若有以上錯誤，標C1C2……等以識之。

D，思想之訂正　注意在：（1）無意義，（2）詞不達意，（3）無理由，（4）前後矛眉，（5）浮泛，（6）盲襲。學生若有以上錯誤，標D1D2……等以識之。

第六講　習字

這習字一條我原定不講，因爲我個人不善寫字，此刻不過稍講些教學原理罷了。

一，教學次序

正書—初一，初二習。

行書—初三，高一習。
草書—高二高三習。
二，教學方法　有許多學生在堂下寫的很有興味，在堂上反覺無味，因此就發生兩個問題：
1，學生是不是要在講堂上寫？
2，寫字時是否要教員監督？
我以爲學生可以不在堂上寫字，也不必要教員監督，不過必須兩種方法，方可使之進步。
1，無論是學生的筆記，作文皆須寫眞楷，不許草率。並連絡別科的教員也照國文的辦法。
2，提起學生的興趣。這可分作兩種方法：A，提起學生的美術性質。校中多備些碑帖，使學生觀摩；教員要與學生講書法的派別，與各派之特點；並使學生練習寫對聯，牓幅等件，選好的懸在成績室裏，以作獎勵。B，

用統計表統計成績之升降，使學生見之生競爭心。

目錄

中國小說的歷史的變遷

中國小說的歷史的變遷

魯迅先生講
昝健行 薛聲震 筆記

我所講的是中國小說的歷史的變遷。許多歷史家說，人類的歷史是進化的，那麼，中國當然不會在例外。但看中國進化的情形，却有兩種很特別的現象：一種是新的來了好久之後而舊的又回復過來，即是反覆；一種是新的來了好久之後而舊的幷不廢去，即是羼雜。然而就並不進化麼？那也不然，只是比較的慢，使我們性急的人，有一日三秋之感罷了。文藝，文藝之一的小說，自然也如此。例如雖至今日，而許多作品裏面，唐宋的，甚而至於原始人民的思想手段的糟粕都還在。今天所講，就想不理會這些糟粕，——雖然他還很受社會歡迎，——而從倒行的雜亂的作品裏尋出一條進行的線索來，一共分為六講。

第一講 從神話到神仙傳

考小說之名，最古是見于莊子所說的「飾小說以干縣令」。「縣」是高，言高名；「令」是美，言美譽。但這是指他所謂瑣屑之言，不關道術的而說，和後來所謂的小說並不同。因為如孔子，楊子，墨子，各家的學說，從莊子看來，都可以謂

共產黨宣言：「人們的意識，隨著人們的生活條件、人們的社會關係、人們的社會存在的改變而改變。」

之小說；反之，別家對莊子，也可稱他的著作爲小說。至于漢書藝文志上說：「小說者，街談巷語之說也」這纔近似現在的所謂小說了，但也不過古時稗官採集一般小民所談的小話，借以考察國之民情，風俗而已，並無現在所謂小說之價值。

小說是如何起源的呢？據漢書藝文志上說：「小說家者流，蓋出於稗官。」稗官採集小說的有無，是另一問題；卽使眞有，也不過是小說書之起源，不是小說之起源。至於現在一班研究文學史者，却多認小說起源于神話。因爲原始民族，穴居野處，見天地萬物，變化不常，——如風，雨，地震等——有非人力所可提摸抵抗，很爲驚怪，以爲必有個主宰萬物者在，因之擬名爲神；並想像神的生活，動作，如中國有盤古氏開天闢地之說，這便成功了「神話。」從神話演進，故事漸近於人性，出現的大抵是「半神，」如說古來建大功的英雄，其才能在凡人以上，由於天授的就是。倒如簡狄呑燕卵而生商，堯時「十日並出，」堯使羿射之的話，都是和凡人不同的。這些口傳，今人謂之「傳說」。由此再演進，則正事歸爲史；逸事即變爲小說了。

我想，在文藝作品發生的次序中，恐怕是詩歌在先，小說在後的。詩歌起于勞動和宗教。其一，因勞動時，一面工作，一面唱歌，可以忘却勞苦，所以從單純的呼叫發展開去，直到發揮自已的心意和感情，并偕有自然的韻調；其二，是因爲原始民族對於神明，漸因畏懼而生敬仰，于是歌頌其威靈，贊歎其功烈，也就成了詩歌的起源。至於小說，我以爲倒是起于休息的。人在勞動時，既用歌吟以自娛，藉她忘却勞苦了，則到休息時，亦必要尋一種事情以消遣閒暇。這種事情，就是彼此談論故事，而這談論故事，正就是小說的起源。——所以詩歌是韻文，從勞動時發生的；小說是散文，從休息時發生的。

但在古代，不問小說或詩歌，其要素總離不開神話。印度，埃及，希臘都如此，中國亦然。只是中國並無含有神話的大著作；其零星的神話，現在也還沒有集錄爲專書的。我們要尋求，只可從古書上得到一點，而這種古書最重要的，便推山海經。不過這書也是無系統的，其中最要的，和後來有關係的記述，有西王母的故事，現在舉一條出來：

「玉山，是西王母所居也。西王母其狀如人，豹尾虎齒而善嘯，蓬髮戴勝是司天之厲及五殘。」

如此之類還不少。這個古典，一直流行到唐朝，纔被驪山老母奪了位置去。此外還有一種穆天子傳，講的是周穆王駕八駿西征的故事，是汲郡古冢中雜書之一篇。——總之中國古代的神話材料很少，所有者，只是些斷片的，沒有長篇的，而且似乎也並非後來散亡，是本來的少有。我們在此要推求其原因，我以爲最要的有兩種：

(一)太勞苦　因爲中華民族先居在黃河流域，自然界底情形並不佳，爲謀生起見，生活非常勤苦，因之重實際，輕玄想，故神話就不能發達，以及流傳下來。勞動雖說是發生文藝的一個源頭，但也有條件：就是要不過度。勞逸均適，或者小覺勞苦，纔能發生種種的詩歌，略有餘暇，就講小說。假使勞動太多，休息時少，沒有恢復疲勞的餘裕，則眠食尚且不暇，更不必提什麼文藝了。

（二）易於忘却　因爲中國古時天神，地祇，人，鬼，往往殽雜，則原始的信仰存於傳說者，日出不窮，于是舊者僵死，後人無從而知。如神荼，鬱壘，爲古之大神，傳說上是手執一種葦索，以縛虎，且禦凶魅的，所以古代將他們當作門神。但到後來又將門神改爲秦瓊，尉遲敬德，并引說種種事實，以爲佐證，於是後人單知道秦瓊和尉遲敬德爲門神，而不復知神荼鬱壘，更不消說造作他們的故事了。此外這樣的還很不少。

中國的神話既沒有什麼長篇的，現在我們就再來看漢書藝文志上所載的小說：漢書藝文志上所載的許多小說目錄，現在一樣都沒有了，但只有些遺文，還可以看見。如大戴禮保傅篇中所引靑史子說：

「古者年八歲而出就外舍，學小藝焉，履小節焉；束髮而就大學，學大藝焉，履大節焉。居則習禮文，行則鳴珮玉，升車則聞和鸞之聲，是以非僻之心，無自入也……」

靑史子這種話，就是古代的小說；但就我們看去，同禮記所說是一樣的，不知何

以當作小說？或者因其中還有許多思想和儒家的不同之故吧。至于現在所有的所謂漢代小說，卻有稱東方朔所做的兩種：(一)神異經；(二)十洲記。班固做的，也有兩種：(一)漢武故事；(二)漢武帝內傳。此外還有郭憲做的洞冥記，劉歆做的西京雜志。神異經的文章，是仿山海經的，其中所說的多怪誕之事。現在舉一條出來：

「西南荒山中出訛獸，其狀若菟，人面能言，常欺人，言東而西，言惡而善。其肉美，食之，言不眞矣。」—西南荒經—

十洲記是記漢武帝聞十洲于西王母之事，也仿山海經的，不過比較神異經稍微莊重些。漢武故事，和漢武帝內傳，都是記武帝初生以至崩葬的事情。洞冥記是說神仙道術及遠方怪異的事情。西京雜記則雜記人間瑣事。然而神異經，十洲記，爲漢書藝文志上所不載，可知不是東方朔做的，乃是後人假造的。漢武故事，漢武帝內傳則與班固別的文章，筆調不類，且中間夾雜佛家語，—彼時佛教尚不盛行，且漢人從來不喜說佛語—可知也是假的。至于洞冥記，西京雜記又已經爲人

考出是六朝人做的。」所以上舉的六種小說，全是假的。惟此外有劉向的列仙傳，是眞的。晉的葛洪又作神仙傳，唐宋更多，于後來的思想，及小說，很有影響。但劉向的神仙傳，在當時幷非有意作小說，乃是當作眞實事情做的，不過我們以現在的眼光看去，只可作小說觀而已。列仙傳，神仙傳中斷片的神話，到現在還多拿牠做兒童讀物的材料。現在常有一問題發生：即此種神話，可否拿他做兒童的讀物？我們順便也說一說。在反對一方面的人說：以這種神話教兒童，只能養成迷信，是非常有害的；而贊成一方面的人說：以這種神話教兒童，正合兒童的天性，很感趣味，沒有什麽害處的。在我以爲還要看社會上教育的狀況怎樣，如果兒童能繼續更受良好的教育，則將來一學科學，自然會明白，不至迷信，所以當然沒有害的；但如果兒童不能繼續受稍深的教育，學識不再進步，則在幼小時所教的神話，將永信以爲眞，所以也許是有害的。

第二講　六朝時之志怪與志人

上次講過（一）神話是文藝的萌芽。（二）中國的神話很少。（三）所有的神話，

沒有長篇的。(四)漢書藝文志上載的小說都不存在了。(九)現存漢人的小說，多是假的。現在我們再看六朝時的小說怎樣？中國本來信鬼神的，而鬼神與人乃是隔離的，因欲人與鬼神交通，於是乎就有巫出來。巫到後來分爲兩派：一爲方士；一仍爲巫。巫多說鬼，方士多談煉金及求仙，秦漢以來，其風日盛，到六朝並沒有息，所以志怪之書特多，像博物志上說：

「燕太子丹質於秦，……欲歸，請於秦王。王不聽，謬言曰，『令烏頭白，馬生角，乃可。』丹仰而歎，烏即頭白，俯而嗟，馬生角。秦王不得已而遣之……」——卷八史補——

這全是怪誕之說，是受了方士思想的影響。再如劉敬叔的異苑上說：

「義熙中，東海徐氏婢蘭忽患羸黃，而拂拭異常，共伺察之，見掃帚從壁角來趨婢床，乃取而焚之，婢即平復。」——卷八——

這可見六朝人視一切東西，都可成妖怪，這正就是巫底思想，即可謂「萬有神教」。此種思想，到了現在，依然留存，像：常見在樹上掛着「有求必應」的匾，

此外還有一種魏邯鄲淳做的笑林，也比世說早。牠的文章，較世說質朴些，現在也沒有了，不過在唐宋人的類書上所引的遺文，還可以看見一點，我現在把牠也舉一條出來：

「甲父母在，出學三年而歸，舅氏問其學何所得，並序別父久。乃答曰：『渭陽之思，過於秦康。』（秦康父母已死）既而父數之，『爾學奚益。』答曰：『少失過庭之訓，故學無益。』」——廣記二百六十二——

就此可知笑林中所說，大概不外誹諧之談。

上舉笑林，世說兩種書，到後來都沒有什麼發達，因爲只有模仿，沒有發展。如社會上最通行的笑林廣記，當然是笑林的支派，但是笑林所說的多是知識上的滑稽；而到了笑林廣記，則落于形體上的滑稽，專以鄙言就形體上譏人，涉于輕薄，所以滑稽的趣味，就降低多了。至於世說，後來模仿的更多，從劉孝標的續世說——見唐志——一直到清之王晫所做的今世說，現在易宗夔所做的新世說等，都是仿世說的書。但是晉朝和現代社會底情狀，完全不同，到今日還模仿那時底

「劉伶恆縱酒放達，或脫衣裸形在屋中。人見譏之，伶曰：『我以天地爲棟宇，屋室爲幝衣，諸君何爲入我幝中？』」—卷下任誕篇—

這就是所謂晉人底風度。以我們現在的眼光看去，阮光祿之燒車，劉伶之放達，是覺得有些奇怪的，但在晉人却并不以爲奇怪，因爲那時所貴的是奇特的舉動和玄妙的清談。這種清談，本從漢之清議而來。漢末政治黑暗，一般名士議論政事，其初在社會上很有勢力，後來遭執政者之嫉視，漸漸被害，如孔融，禰衡等都被曹操設法害死，所以到了晉代底名士，就不敢再議論政事，而一變爲專談玄理；清議而不談政事，這就成了所謂清談了。但這種清淡的名士，當時在社會上却仍舊很有勢力，若不能玄談的，好似不夠名士底資格；而世說這部書，差不多就可以看做一部名士底教科書。

前乎世說尚有語林，郭子，不過現在都沒有了。而世說乃是纂緝自後漢至東晉底舊文而成的。後來有劉孝標給世說作注，注中所引的古書多至四百餘種，而今又多不存在了；所以後人對於世說看得更貴重，到現在還很通行。

口中吐出一銅匳子，中具餚饌。……酒數行，謂彥曰：『向將一婦人自隨，今欲暫邀之。』……又于口中吐一女子，……共坐宴。俄而書生醉臥，此女謂彥曰：『……向亦竊得一男子同行，……暫喚之……』……女子于口中吐出一男子……」

此種思想，不是中國所故有的，乃完全受了印度思想的影響。就此也可知六朝的志怪小說，和印度怎樣相關的大概了。但須知六朝人之志怪，却大抵一如今日之記新聞，在當時幷非有意做小說。

六朝時志怪的小說，既如上述，現在我們再講志人的小說。六朝志人的小說，也非常簡單，同志怪的差不多，這有宋劉義慶做的世說新語，可以做代表。現在待我舉出一兩條來看：

「阮光祿在剡，曾有好車，借者無不皆給。有人葬母，意欲借而不敢言。阮後聞之，歎曰：『吾有車而使人不敢借，何以車為？』遂焚之。」——卷上德行篇——

便足以證明社會上還將樹木當神，正如六朝人一樣的迷信。其實這種思想，本來是無論何國，古時候都有的，不過後來漸漸地沒有罷了，但中國還很盛。

六朝志怪的小說，除上舉博物志，異苑而外，還有干寶的搜神記，陶潛的搜神後記。但搜神記多已佚失，現在所存的，乃是明人輯各書引用的話，再加別的志怪書而成，是一部半眞半假的書籍。至於搜神後記，亦記靈異變化之事，但陶潛曠達，未必作此，大約也是別人的託名。

此外還有一種助六朝人志怪思想發達的，便是印度思想之輸入。因爲晉，宋齊，梁，四朝，佛教大行，當時所譯的佛經很多，而同時鬼神奇異之談也雜出，所以當時合中，印兩國底鬼怪到小說裏，使牠更加發達起來，如陽羨鵝籠的故事就是：

「陽羨許彥于綏安山行，遇一書生，……臥路側，云脚痛，求寄鵝籠中。彥以爲戲言，書生便入籠，……宛然與雙鵝並坐，鵝亦不驚。彥負籠而去，都不覺重。前行息樹下，書生乃出籠謂彥曰：『欲爲君薄設。』彥曰：『善。』乃

小說，是很可笑的。因爲我們知道從漢末到六朝爲篡奪時代，四海騷然，人多抱厭世主義；加以佛道二教盛行一時，皆講超脫現世，晉人先受其影響，於是有一派人去修仙，想飛昇，所以喜服藥；有一派人欲永遊醉鄉，不問世事，所以好飲酒。服藥者—晉人所服之藥，我們知道的有五石散，是用五種石料做的，其性燥烈—身上常發炎，適於穿舊衣—因新衣容易擦壞皮膚—又常不洗，蝨子生得極多，所以說：「捫蝨而談」。飲酒者，放浪形骸之外，醉生夢死。—這就是晉時社會底情狀。而生在現代底人，生活情形完全不同了，却要去模仿那時社會背景所產生的小說，豈非笑話？

我在上面說過：六朝人并非有意作小說，因爲他們看鬼事和人事，是一樣的，統當作事實；所以舊唐書藝文志，把那種志怪的書，并不放在小說裏，而歸入歷史的傳記一類，一直到了宋歐陽修才把牠歸到小說裏。可是志人底一部，在六朝時看得比志怪底一部更重要，因爲這和成名很有關係；像當時鄉間學者想要成名，他們必須去找名士，這在晉朝，就得去拜訪王導，謝安一流人物，正所謂

「一登龍門，則身價十倍」。但要和這流名士談話，必須要能夠合他們的脾胃，而要合他們的脾胃，則非看世說，語林這一類的書不可。例如：當時阮宣子見太尉王夷夫，夷夫問老莊之異同，宣子答說：「將毋同。」夷夫就非常佩服他，給他官坐，即世所謂「三語掾」。但「將毋同」三字，究竟怎樣講？有人說是「殆不同」的意思；有人說是「豈不同」的意思—總之是一種兩可，飄渺恍惚之談罷了。要學這一種飄渺之談，就非看世說不可。

第三講　唐之傳奇文

小說到了唐時，卻起了一個大變遷。我前次說過：六朝時之志怪與志人底文章，都很簡短，而且當作記事實；及到唐時，則為有意識的作小說，這在小說史上可算是一大進步。而且文章很長，並能描寫得曲折，和前之簡古的文體，大不相同了，這在文體上也算是一大進步。但那時作古文底人，見了很不滿意，叫牠做「傳奇體」。「傳奇」二字，當時實是譏貶的意思，並非現代人意中的所謂「傳奇」。可是這種傳奇小說，現在多沒有了，只有宋初底太平廣記，—這書可算是小說

的大類書，是搜集六朝以至宋初底小說而成的——我們于其中還可以看見唐時傳奇小說底大概：唐之初年，有王度做的古鏡記，是自述得一神鏡底異事，文章雖很長，但僅綴許多異事而成，還不脫六朝志怪底流風。此外又有無名氏做的白猿傳，說的是梁將歐陽紇至長樂，深入溪洞，其妻爲白猿掠去，後來得救回去，生一子，「厥狀肖焉」。紇後爲陳武帝所殺，他的兒子歐陽詢，在唐初很有名望，而貌像獼猴，忌者因作此傳；後來假小說以攻擊人的風氣，可見那時也就流行了。

到了武則天時，有張鷟做的游仙窟，是自敘他從長安走河湟去，在路上天晚，投宿一家，這家有兩個女人，叫十娘，五娘，和他飲酒作樂等情。事實不很繁複，而是用駢體文做的。這種以駢體做小說，是從前所沒有的，所以也可以算一種特別的作品。到後來淸之陳球所做的燕山外史，是駢體的，而作者自以爲用駢體做小說是由他別開生面的，殊不知實已開端于張鷟了。但游仙窟中國久已佚失；惟在日本，現尙留存，因爲張鷟在當時很有文名，外國人到中國來，每以重金買他的文章，這或者還是那時帶去的一種。其實他的文章很是佻巧，也不見得好

，不過筆調活潑些罷了。

唐至開元天寶以後，作者蔚起，和以前大不同了。從前看不起小說的，此時也來做小說了，這是和當時底環境有關係的，因爲唐時考試的時候，甚重所謂「行卷」；就是舉子初到京，先把自己得意的詩抄成卷子，拿去拜謁當時底名人，若得稱贊，則「聲價十倍」，後來便有及第的希望，所以行卷在當時看得很重要。到開元，天寶以後，漸漸對于詩，有些厭氣了，于是就有人把小說也放在行卷裏去，而且竟也可以得名。所以從前不滿意小說的，到此時也多做起小說來，因之傳奇小說，就盛極一時了。大歷中，先有沈既濟做的枕中記，——這書在社會上很普通，差不多沒有人不知道的——內容大略說：有個盧生，行邯鄲道中，自歎失意；乃遇呂翁，給他一個枕頭，生睡去，就夢娶清河崔氏；——清河崔屬大姓，所以得娶清河崔氏，也是極榮耀的。——並由舉進士，一直升官到尙書兼御史大夫。後爲時宰所忌，害他貶到端州。過數年，又追他爲中書令，封燕國公。後來衰老有病，呻吟牀次，至氣斷而死。夢中死去，他便醒來，卻尙不到煮熟一鍋飯的時

候。」這是勸人不要躁進，把功名，富，貴，看淡些的意思。到後來明人湯顯祖做的邯鄲記，淸人蒲松齡所做聊齋中的續黃粱，都是本這枕中記的。

此外還有一個名人叫陳鴻的，他和他的朋友白居易經過安史之亂以後，楊貴妃死了，美人已入黃土，憑弔古事，不勝傷情，于是白居易作了長恨歌；而他便做了長恨歌傳。此傳影響到後來，有淸人洪昇所做的長生殿傳奇，是根據牠的。當時還有一個著名的，是白居易之弟白行簡，做了一篇李娃傳，說的是：滎陽巨族之子，到長安來，溺于聲色，貧病困頓，竟淪落爲挽郎。」挽郎是人家出殯時，挽棺材者，並須唱輓歌。」後爲李娃所救，並勉他讀書，遂得擢第，官至參軍。行簡的文章本好，敘李娃的情節，又很是纏綿可觀。此篇對於後來的小說，也很有影響，如元人的曲江池，明人薛近兗的繡襦記，都是以牠爲本的。

再唐人底小說，不甚講鬼怪，間或有之，也不過點綴點綴而已。但也有一部分短篇集，仍多講鬼怪的事情，這還是受了六朝人底影響；如牛僧孺的玄怪錄，段成式的酉陽雜俎，李復言的續玄怪錄，張讀的宣室志，蘇鶚的杜陽雜編，裴鉶

的傳奇等，都是的。然而畢竟是唐人做的，所以較六朝人做的曲折美妙得多了。

唐之傳奇作者，除上述以外，於後來影響最大而特可注意者，又有二人：其一著作不多，而影響很大，又很著名者，便是元微之；其一著作多，影響也很大，而後來不甚著名者，便是李公佐。現在我把他兩人分開來說一說：

(一)元微之的著作　元微之名稹，是詩人，與白居易齊名。他做的小說，只有一篇鶯鶯傳，是講張生與鶯鶯之事，這大概大家都是知道的，我可不必細說。微之的詩文，本是非常有名的，但這篇傳奇，却並不怎樣傑出，況且其篇末敘張生之棄絕鶯鶯，又說什麼「……德不足以勝妖，是用忍情。」文過飾非，差不多是一篇辯解文字。可是後來許多曲子，却都由此而出，如金人董解元的絃索西廂，——現在的西廂，是扮演；而此則彈唱——元人王實甫的西廂記，關漢卿的續西廂記，明人李日華的南西廂記，陸采的南西廂記，……等等，非常之多，全導源于這一篇鶯鶯傳。但和鶯鶯傳原本所敘之事情，又略有不同，就是：敘張生和鶯鶯到後來終于團圓了。這因為中國人底心理，是很喜歡團圓的，所以必至于如此，大

概人生現實底缺陷，中國人也很知道，但不願意說出來；因為一說出來，就要發生「怎樣補救這缺點」的問題，或者免不了要煩悶，要改良，事情就麻煩了。而中國人不大喜歡麻煩和煩悶，現在倘在小說裏敘了人生底缺陷，便要使讀者感着不快。所以凡是歷史上不團圓的，在小說裏往往給他團圓；沒有報應的，給他報應，互相騙騙。——這實在是關於國民性底問題。

（二）李公佐的著作　李公佐向來很少人知道，他做的小說很多，現在只存有四種：（1）南柯太守傳；此傳最有名，是敘東平淳于棼的宅南，有一棵大槐樹，有一天棼因醉臥東廡下，夢見兩個穿紫色衣服的人，來請他到了大槐安國，招了駙馬，出為南柯太守；因有政績，又累升大官。後領兵與檀蘿國戰爭，被打敗，而公主又死了，于是仍送他回來。及醒來則刹那之夢，如度一世；而去看大槐樹，則有一螞蟻洞，螞蟻正出入亂走着，所謂大槐安國，南柯郡，就在此也。這篇立意，和枕中記差不多，但其結穴，餘韻悠然，非枕中記所能及。後來明人湯顯祖作南柯記，也就是從這傳演出來的。（2）謝小娥傳；此篇敘謝小娥的父親，和

她的丈夫，皆往來江湖間，做買賣，爲盜所殺。小娥夢父告以讎人爲「車中猴東門草」；又夢夫告以讎人爲「禾中走一日夫」；人多不能解，後來李公佐乃爲之解說：「車中猴，東門草」是「申蘭」二字；「禾中走，一日夫」是「申春」二字。後果然因之得盜。這雖是解謎獲賊，無大理致，但其思想影響於後來之小說者甚大：如李復言演其文入續玄怪錄，題曰妙寂尼，明人則本之作平話。他若包公案中所敘，亦多有類此者。(3)李湯：此篇敘的是：楚州刺史李湯，聞漁人見龜山下，水中有大鐵鎖，以人，牛之力拉出，則風濤大作；並有一像猿猴之怪獸，雪牙金爪，闖上岸來，觀者奔走，怪獸仍拉鐵鎖入水，不再出來。李公佐爲之解說：怪獸是淮渦水神無支祁。「力踰九象，搏擊騰踔疾奔，輕利倏忽。」大禹使庚辰制之，頸鎖大索，徙到淮陰的龜山下，使淮水得以安流。這篇影響也很大，我以爲西游記中的孫悟空正類無支祁。但北大教授，胡適之先生則以爲是由印度傳來的；俄國人鋼和泰教授也曾說印度也有這樣的故事。可是由我看去：(一)作西遊記的人，并未看過佛經；(二)中國所譯的印度經論中，沒有和這相類的話；(三)作者一吳

承恩—熟于唐人小說，西遊記中受唐人小說的影響的地方恨不少。—所以我還以爲孫悟空是襲取無支祁的。但胡適之先生仿佛并以爲李公佐就受了印度傳說的影響，這是我現在還不能說然否的話。(4)盧江馮媼。此篇敘事很簡單，文章也不大好，我們現在可以不講牠。

唐人小說中的事情，後來多移到曲子裏。如紅線，紅拂，虬髯，……等，皆出于唐之傳奇，因此間接傳遍了社會，現在的人還知道。至於傳奇本身，則到唐亡就隨之而絕了。

第四講　宋人之「說話」及其影響

上次講過：傳奇小說，到唐亡時就絕了。至宋朝，雖然也有作傳奇的，但就大相不同。因爲唐人大抵描寫時事；而宋人則多講古事。唐人小說少教訓；而宋則極多教訓。大概唐時講話自由些，雖寫時事，不至于得禍；而宋時則諱忌漸多，所以文人便設法迴避，去講古事。加以宋時理學極盛一時，因之把小說也多理學化了，以爲小說非含有教訓，便不足道。但文藝之所以爲文藝，並不貴在教訓

共產黨宣言：「任何一个时代的统治思想始终都不过是统治阶级的思想」

提倡白話文

，若把小說變成修身教科書，還說什麼文藝。宋人雖然還作傳奇，而我說傳奇是絕了，也就是這意思。然宋之士大夫，對於小說之功勞，乃在編太平廣記一書。此書是搜集自漢至宋初的瑣語小說，共五百卷，亦可謂集小說之大成。不過這也並非他們自動的，乃是政府召集他們做的。因爲在宋初，天下統一，國內太平，因招海內名士，厚其廩餼，使他們修書，當時成就了文苑英華，太平御覽，和太平廣記。此在政府底目的，不過利用這事業，收養名人，以圖減其對於政治上之反動而已，固未嘗有意于文藝；但在無意中，却替我們留下了古小說的林藪來。至于創作一方面，則宋之士大夫實在並沒有什麼貢獻。但其時社會上却另有一種平民底小說，代之而興了。這類作品，不但體裁不同，文章上也起了改革，用的是白話，所以實在是小說史上的一大變遷。因爲當時一般士大夫，雖然都講理學，鄙視小說，而一般人民，是仍要娛樂的；平民的小說之起來，正是無足怪訝的事。

宋建都于汴，民物康阜，游樂之事，因之很多，市井間有種雜劇，這種雜劇

中包有所謂「說話」。「說話」分四科：(一)講史；(二)說經諢經；(三)小說；(四)合生。「講史」是講歷史上底事情，及名人傳記等；就是後來歷史小說之起源。「說經諢經」，是以俗話演說佛經的。「小說」是簡短的說話。「合生」，是先念含混的兩句詩，隨後再念幾句，才能懂得意思，大概是譏刺時人的。這四科後來于小說有關係的，只是「講史」和「小說」。那時操這種職業的人，叫做「說話人」；而且他們也有組織的團體，叫做「雄辯社」。他們也編有一種書，以作說話時之憑依，發揮，這書名叫「話本」。南宋初年，這種話本還流行，到宋亡，而元人入中國時，則雜劇消歇，話本也不通行了。至明朝，雖也還有說話人，——如柳敬亭就是當時很有名的說話人——但已不是宋人底面目；而且他們已不屬于雜劇，也沒有什麼組織了。到現在，我們幾乎已經不能知道宋時的話本究竟怎樣。——幸而現在翻刻了幾種書，可以當作標本看。

一種是五代史平話，是可以作講史看的。講史的體例，大概是從開天闢地講起，一直到了要講的朝代。五代史平話也是如此；牠的文章，是各以詩起，次入

正文，又以詩結，總是一段一段的有詩爲證。但其病在於虛事鋪排多，而于史事發揮少。至于詩，我以爲大約是受了唐人底影響：因爲唐時很重詩，能詩者就是清品；而說話人想仰攀他們，所以話本中每多詩詞，而且一直到現在許多人所做的小說中也還沒有改。再若後來歷史小說中每回的結尾上，總有「不知後事如何？且聽下回分解」的話，我以爲大概也起于說話人，因爲說話必希望人們下次再來聽，所以必得用一個驚心動魄的未了事拉住他們。至於現在的章回小說還來模仿牠，那可只是一個遺迹罷了，正如我們腹中的盲腸一樣，毫無用處。一種是京本通俗小說，已經不全了，還存十多篇。在「說話」中之所謂小說，並不像現在所謂的廣義的小說，乃是講的很短，而且多用時事的。起首先說一個冒頭，或用詩詞，或仍用故事，名叫「得勝頭迴」——「頭迴」是前回之意；「得勝」是吉利語。——以後纔入本文，但也並不冗長，長短和冒頭差不多，在短時間內就完結。可見宋代說話中的所謂小說，即是「短篇小說」的意思，京本通俗小說雖不全，卻足夠可以看見那類小說底大概了。

除上述兩種之外，還有一種大宋宣和遺事，首尾皆有詩，中間雜些俚句，近於「講史」，而非口談；好似「小說」，而不簡潔；惟其中已叙及梁山泊的事情，就是水滸之先聲，是大可注意的事。還有現在新發現的一部書，叫大唐三藏法師取經詩話，——此書中國早沒有了，是從日本拿回來的——這所謂「詩話」，又不是現在人所說的詩話，乃是有詩，有話；換句話說：也是注重「有詩爲證」的一類小說的別名。這大唐三藏法師取經詩話，雖然是西遊記的先聲，但又頗不同：例如「盜人參果」一事，在西遊記上是孫悟空要盜，而唐僧不許；在取經詩話裏是仙桃，孫悟空不盜，而唐僧使命去盜。——這與其說時代，倒不如說是作者思想之不同處。因爲西遊記之作者是士大夫，而取經詩話之作者是市人。士大夫論人極嚴，以爲唐僧豈應盜人參果，所以必須將這事推到猴子身上去；而市人評論人則較爲寬恕，以爲唐僧盜幾個區區仙桃有何要緊，便不再經心作意地替他隱瞞，竟放筆寫上去了。

總之，宋人之「說話」的影響是非常之大，後來的小說，十分之九是本于話本

的。如(一)後之小說如今古奇觀等片段的敘述，卽仿宋之「小說」。(二)後之章回小說如三國志演義等長篇的敘述，皆本於「講史」。其中講史之影響更大，並且從明清到現在，二十四史都演完了。作家之中，又出了一個著名人物，就是羅貫中。

羅貫中名本，錢唐人，大約生活在元末明初。他做的小說很多，可惜現在只剩了四種。而此四種又多經後人乱改，已非本來面目了。—因爲中國人向來以小說爲無足輕重，不似經書，所以多喜歡隨便改動牠—至于貫中生平之事蹟，我們現在也無從而知；有的說他因爲做了水滸，他的子孫三代都是啞吧，那可也是一種謠言。貫中的四種小說，就是：(一)三國演義；(二)水滸傳；(三)隋唐志傳；(四)北宋三遂平妖傳。北宋三遂平妖傳，是記貝州王則藉妖術作乱的事情，平他的有三個人，其名字皆有一「遂」字，所以稱「三遂平妖」。隋唐志傳，是敘自隋禪位，以至唐明皇的事情。—這兩種書的構造和文章都不甚好，在社會上也不盛行；最盛行，而且最有勢力的，是三國演義和水滸傳。

適之先生說：「聖嘆生于流賊遍天下的時代，眼見張獻忠，李自成一般強盜流毒全國，故他覺強盜是不應該提倡的，是應該口誅筆伐的。」這話很是。就是聖嘆以爲用強盜來平外寇，是靠不住的，所以他不願聽宋江立功的謠言。

但到明亾之後，外族勢力全盛了，幾個遺民抱亾國之痛，便把流寇之痛苦忘却，又與強盜表起同情來。如明遺民陳忱，就託名雁宕山樵作了一部後水滸傳。他說：宋江死了以後，餘下的同志，尚爲宋禦金，後無功，李俊率衆浮海到暹羅做了國王。——這就是因爲國家爲外族所據，轉而與強盜又表同情的意思。可是到後來事過情遷，連種族之感都又妄掉了，于是道光年間就有俞萬卷作結水滸傳，說山寇宋江等，一個個皆爲官兵所殺。他的文章，是瀏亮的，描寫也不壞，但思想實在未免煞風景。

第五講　明小說之兩大主潮

上次已將宋之小說，講了個大概。元呢，牠的詞曲很發達，而小說方面，却沒有什麼可說。現在我們就講到明朝的小說去。明之中葉，即嘉靖前後，小說出

現的很多，其中有兩大主潮：(一)講神魔之爭的；(二)講世情的。現在再將牠分開來講：

(一)講神魔之爭的　此思潮之起來，也受了當時宗教，方士，之影響的。宋宣和時，即非常崇奉道流；元則佛道並奉，方士的勢力也不小；至明，本來是衰下去的了，但到成化時，又抬起頭來，其時有方士李孜，釋家繼曉，正德時又有色目人于永，都以方技雜流拜官，因之妖妄之說日盛，而影響及于文章。況且歷來三教之爭，都無解決，大抵是互相調和，互相容受，終于名為「同源」而後已。凡有新派進來，雖然彼此目為外道，生些紛爭，但一到認為同源，即無歧視之意，須俟後來另有別派，牠們三家纔又自稱正道，再來攻擊這非同源的異端。當時的思想，是極模糊的，在小說中所寫的邪正，並非儒和佛，或道和佛，或儒道釋和白蓮教，單不過是含胡的彼此之爭，我就總括起來給牠們一個名目，叫作神魔小說。此種主潮，可作代表者，有二部小說：(1)西遊記；(2)封神傳；(3)三寶太監西洋記。

(1)西遊記　西遊記世人多以爲是元朝的道士邱長春做的，其實不然。邱長春自己另有西遊記三卷，是紀行，今尙存道藏中：惟因書名一樣，人們遂誤以爲是一種。加以淸初刻西遊記小說者，又取虞集所作的長春眞人西遊記序冠其首，人更信這西遊記是邱長春所做的了。—實則做這西遊記者，乃是江蘇山陽人吳承恩。此見于明時所修的淮南府志：但到淸代修志却又把這記載删去了。西遊記現在所見的，是一百回，先叙孫悟空成道，次敍唐僧取經的由來，後經八十一難，終于回到東土。這部小說，也不是吳承恩所創作，因爲大唐三藏法師取經詩話—在前邊已經提及過—已說過猴行者，深河神，及諸異境。元朝的雜劇也有用唐三藏西天取經做材料的著作。此外明時也別有一種簡短的西遊記傳—由此可知玄奘西天取經一事，自唐末以至宋元已漸漸演成神異故事，且多作成簡單的小說，而至明吳承恩，便將牠們彙集起來，以成大部的西遊記。承恩本善于滑稽，他講妖怪的喜，怒，哀，

樂，都近于人情，所以人都喜歡看！這昰他的本領。而且叫人看了，無所容心，不像三國演義，見劉勝則喜，見曹勝則恨；因爲西遊記上所講的都是妖怪，我們看了，但覺好玩，所謂忘懷得失，獨存賞鑑了——這也是他的本領。至于說到這書的宗旨，則有人說昰勸學；有人說昰談禪；有人說是講道；議論很紛紛。但據我看來，實不過出于作者之游戲，只因爲也受了三教同源的影響，所以釋迦，老君，觀音，眞性，元神之類，無所不有，使無論什麼教徒，皆可隨宜附會而已。如果我們一定要問牠的大旨，則我覺得明人謝肇淛所說的「西遊記……以猿爲心之神，以猪爲意之馳，其始之放縱，上天下地，莫能禁制，而歸于緊箍一咒，能使心猿馴伏，至死靡他，盖亦求放心之喩。」這幾句話，已經很足以說盡了。後來有後西遊記，及續西遊記等，都脫不了前書窠臼。至董說的西遊補，則成了諷刺小說，與這類沒有大關係了。

(2)封神傳　封神傳在社會上也很盛行，至爲何人所作，我們無從而知

。有人說；作者是一窮人，他把這書做成賣了，給他女兒作嫁資，但這不過是沒有憑據的傳說。牠的思想，也就是受了三教同源的模糊的影響；所敍的是受辛進香女媧宮，題詩黷神，神因命三妖惑紂以助周。上邊多說戰爭，神佛雜出，助周者爲闡教；助殷者爲截教。我以爲這「闡」是明的意思，「闡教」就是正教；「截」是斷的意思，「截教」或者就是佛教中所謂斷見外道。──總之是受了三教同源的影響，以三教爲神，以別教爲魔能了。

(3)三寶太監西洋記　三寶太監西洋記，是明萬歷間的書，現在少見；這書所敍的是永樂中太監鄭和服外夷三十九國，使之朝貢的事情。書中說鄭和到西洋去，是碧峯長老助他的，用法術降服外夷，收了全功。在這書中，雖然所說的是國與國之戰，但中國近于神，而外夷却居于魔的地位，所以仍然是神魔小說之流。不過此書之作，則也與當時的環境有關係，因爲鄭和之在明代，名聲赫然，爲世人所樂道；而嘉

靖以後，東南方面，倭寇猖獗，民間傷今之弱，于是便感昔之盛，做了這一部書。但不思將帥，而思太監，不恃兵力，而恃法術者，乃是一則爲傳統思想所囿；一則明朝的太監的確常做監軍，權力非常之大。這種用法術打外國的思想，流傳下來一直到清朝，信以爲眞，就有義和團實驗了一次。

(二)講世情的　當神魔小說盛行的時候，講世情的小說，也就起來了，其原因，當然也離不開那時的社會狀態，而且有一類，還與神魔小說一樣，和方士是有很大的關係的。這種小說，大概都敘述些風流放縱的事情，間于悲歡離合之中，寫炎涼的世態。其最著名的，是金瓶梅，書中所敘，是借水滸傳中之西門慶做主人，寫他一家的事迹。西門慶原有一妻三妾，後復愛潘金蓮，酖其夫武大，納她爲妾；又通金蓮婢春梅；復私了李瓶兒，也納爲妾了。後來李瓶兒，西門慶，皆先死，潘金蓮又爲武松所殺，春梅也因淫縱暴亡。至金兵到清河時，慶妻攜其遺腹子孝哥，欲到濟南去，路上遇着普淨和尚，引至永福寺，以佛法感化孝哥，

終于使他出了家，改名明悟。因爲這書中的潘金蓮，李瓶兒，春梅，都是重要人物，所以書名就叫「金瓶梅」。明人小說之講穢行者，人物每有所指，是借文字來報夙讎的，像這部金瓶梅中所說的西門慶，是一個紳士，大約也不外作者的讎家，但究屬何人，現在無可考了。至於作者是誰，我們現在也還未知道。有人說：這是王世貞爲父報仇而做的，因爲他的父親王忬爲嚴嵩所害，而嚴嵩之子世蕃又勢盛一時，凡有不利于嚴嵩的奏章，無不受其壓抑，不使上聞。王世貞探得世蕃愛看小說，便作了這部書，使他得沈溺其中，無暇他顧，而參嚴嵩的奏章，得以上去了。所以清初的翻刻本上，就有苦孝說冠其首。但這不過是一種推測之辭，不足信據。金瓶梅的文章做得尚好，而王世貞在當時最有文名，所以世人遂把作者之名嫁給他了。後人之主張此說，並且以苦孝說冠其首，也無非是想減輕社會上的攻擊的手段，並不是確有什麼王世貞所作的憑據。

此外敘放縱之事，更甚於金瓶梅者，爲玉嬌李。但此書到清朝已經佚失，偶有見者，也不是原本了。還有一種山東諸城人丁耀亢所做的續金瓶梅，和前書頗

不同，乃是對於金瓶梅的因果報應之說，就是武大後世變成淫夫；潘金蓮也變爲河間婦，終受極刑；西門慶則變成一個騃憨男子，只坐視着妻妾外遇。——以見輪迴是不爽的。從此以後世情小說，就明明白白的，一變而爲說報應之書——成了勸善的書了。這樣的講到後世的事情的小說，如果推演開去，三世四世，可以永遠做不完工，實在是一種奇怪而有趣的做法。但這在古代的印度卻是曾經有過的，如鴦堀摩羅經就是一例。

如上所講，世情小說在一方面既有這樣的大講因果的變遷，在他方面也起了別一種反動。那是講所謂「溫柔敦厚」的，可以用平山冷燕，好逑傳玉嬌梨來做代表。不過這類的書名字，仍多襲用金瓶梅式，往往摘取書中人物的姓名來做書名；但內容卻不是淫夫蕩婦，而變了才子佳人了。所謂才子者，大抵能作些詩，才子和佳人之遇合，就每每以題詩爲媒介。這似乎是很有悖于「父母之命媒妁之言」的婚姻，對於舊習慣是有些反對的意思的，但到團圓的時節，又常是奉旨成婚，我們就知道作者是尋到了更大的帽子了。那些書的文章也沒有一部好，而在外

國却很有名。一則因爲玉嬌梨，平山冷燕，有法文譯本；好逑傳有德，法文譯本，所以研究中國文學的人們都知道，給中國做文學史就大概題起牠；二則因爲若在一夫一妻制的國度裏，一個以上的佳人共愛一個才子便要發生極大的糾紛，而在這些小說裏却毫無問題，一下子便都結了婚了，從他們看起來，實在有些新奇而且有趣。

第六講 淸小說之四派及其末流

淸代底小說之種類及其變化，比明朝比較的多，但因爲時間關係，我現在只可分作四派來說一個大概，這四派便是：(一)擬古派；(二)諷刺派；(三)人情派(四)俠義派。

(一)擬古派 所謂擬古者，是指擬六朝之志怪，或擬唐朝之傳奇者而言。唐人底小說單本，到明時什九散亡了，偶有看見模仿的，世間就覺得新異。元末明初，先有錢唐瞿佑仿了唐人傳奇，作翦燈新語，文章雖沒有力，而用些豔語來描畫閨情，所以特爲時流所喜，仿效者很多，直到被朝庭禁止，這風氣纔漸漸的衰

歇。但到了嘉靖間，唐人底傳奇小說盛行起來了，從此模仿者又在在皆是，文人大抵喜歡做幾篇傳奇體的文章；其專做小說，合為一集的，則聊齋志異最有名。聊齋志異是山東淄川人蒲松齡做的。有人說他作書以前，天天在門口設備茗菸，請過路底人講說故事，作為著作的材料；但是多由他的朋友那里聽來的，有許多是從古書尤其是從唐人傳奇變化而來的—如鳳陽士人，續黃粱等就是—所以列他于擬古。書中所敘，多是神仙，狐鬼，精魅等故事，和當時所出同類的書差不多，但其優點在：(1)描寫詳細而委曲，用筆變幻而熟達。(2)說妖鬼多具人情，通世故，使人覺得可親，並不覺得很可怕。不過用古典太多，使一般人不容易看下去。

聊齋志異出來之後，風行約一百年，這其間模仿和贊頌牠的非常之多。但到了乾隆末年，有直隸獻縣人紀昀出來和他反對了，紀昀說聊齋志異之缺點有二：(1)體例太雜。就是說一個人的一個作品中，不當有兩代的文章的體例，這是因為聊齋志異中有長的文章是仿唐人傳奇的，而又有些短的文章卻像六朝的志怪。

(2)描寫太詳。這是說他的作品是述他人的事迹的，而每每過于曲盡細微，非自己不能知道，其中有許多事本，人未必肯說，作者何從知之？紀昀爲避此兩缺點起見，所以他所做的閱微草堂筆記就完全模仿六朝，尙質黜華，叙述簡古，力避唐人的做法。其材料大抵自造，多借狐鬼的話，以攻擊社會。據我看來，他自己是不信鬼狐的，不過他以爲對于一般愚民，却不得不以神道設教。但他很有可以佩服的地方：他生在乾隆間法紀最嚴的時代，竟敢借文章以攻擊社會上不通的禮法，荒謬的習俗，以當時的眼光看去，眞算得很有魄力的一個人。可是到了末流，不能了解他攻擊社會底精神，而只是學他的以神道設教一面的意思，于是這派小說差不多又變成勸善書了。

擬古派的作品，自從以上二書出來以後，大家都學牠們；一直到了現在，即如上海就還有一群所謂文人在那裏模仿牠。可是並沒有什麽好成績，學到的大抵是糟粕，所以擬古派也已經被踏死在牠的信徒的脚下了。

(二)諷刺派　小說中寓譏諷者，晉唐已有，而在明之人情小說爲尤多。在清

朝，諷刺小說反少有，有名而幾乎是唯一的作品，就是儒林外史。儒林外史是安徽全椒人吳敬梓做的。敬梓多所見聞，又工於表現，故凡所有敘述，皆能在紙上見其聲態；而寫儒者之奇形怪狀，爲獨多而獨詳。當時距明亡沒有百年，明季底遺風，尙留存于士流中，八股而外，一無所知，也一無所事，敬梓身爲士人，熟悉其中情形，故其暴露醜態，就能格外詳細。其書雖是斷片的敘述，沒有線索，但其變化多而趣味濃，在中國歷來作諷刺小說者，再沒有比他更好的了。一直到了清末，外交失敗，社會上的人們覺得自己的國勢不振了，極想知其所以然，小說家也想尋出原因的所在；於是就有李寶嘉歸罪於官場，用了南亭亭長的假名字，做了一部官場現形記。這部書在清末很盛行，但文章比儒林外史差得多了；而且作者對於官場的情形也並不很透澈，所以往往有失實的地方。嗣後又有廣東南海人吳沃堯歸眾於社會上舊道德的消滅，也用了我佛山人的假名字，做了一部二十年目覩之怪現狀。這部書也很盛行，但他描寫社會的黑暗面，常常張大其詞，又不能穿入隱微，但照例的慷慨激昂，正和南亭亭長有同樣的缺點。這兩種書都

用斷片湊成，沒有什麽線索和主角，是同儒林外史差不多的，但藝術的手段，却差得遠了；最容易看出來的就是儒林外史是諷刺，而那兩種都近於謾駡。

諷刺小說是貴在旨微而語婉的，假如過甚其辭，就失了文藝上底價値，而牠的末流都沒有顧到這一點，所以諷刺小說從儒林外史而後，就可以謂之絕響。

（三）人情派　此派小說，即可以著名的紅樓夢做代表。紅樓夢其初名石頭記，共有八十回，在乾隆中年忽出現於北京。最初皆抄本，至乾隆五十七年，纔有程偉元刻本，加多四十回，共一百二十回，改名叫紅樓夢。據偉元說：乃是從舊家及鼓擔上收集而成全部的。至其原本，則現在已少見，惟現有一石印本，也不知究是原本與否。紅樓夢所敍爲石頭城中——未必是今之南京——賈府的事情。其主要者爲榮公府的賈政生子寶玉，聰敏過人，而絕愛異性；賈府中實亦多好女子，主從之外，親戚也多，如黛玉，寶釵等，皆來寄寓，史湘雲亦常來。而寶玉與黛玉愛最深；後來政爲寶玉娶婦，却迎了寶釵，黛玉知道以後，吐血死了。寶玉亦鬱鬱不樂，悲嘆成病。其後寧公府的賈赦革職查抄，累及榮府，于是家庭衰落，

寶玉竟發了瘋，後又忽而改行，中了舉人，但不多時，忽又不知所往了。後賈政因葬母路過毗陵，見一人光頭赤脚，向他下拜，細看就是寶玉；正欲問話，忽來一僧一道，拉之而去。追之無有，但見白茫茫一片荒野而已。

紅樓夢的作者，大家都知道是曹雪芹，因爲這是書上寫着的。至于曹雪芹是何等樣人，卻少有人提起過；現經胡適之先生的攷證，我們可以知道大概了。雪芹名霑，一字芹圃，是漢軍旗人。他的祖父名寅，康熙中爲江甯織造。淸世祖南巡時，即以織造局爲行宮。其父頫，亦爲江南織造。我們由此就知道作者在幼時實在是一個大世家的公子。他生在南京。十歲時，隨父到了北京。此後中間不知因何變故，家道忽落。雪芹中年，竟至窮居北京之西郊，有時還不得飽食。可是他還縱酒賦詩，而紅樓夢的創作，也就在這時候。可惜後來他因爲兒子夭殤，悲慟過度，也竟死掉了——年四十餘——紅樓夢也未得做完，只有八十回。後來程偉元所刻的，增至一百二十回，雖說是從各處搜集的，但實則其友高鶚所續成，並不是原本。

對於書中所敍的意思，推測之說也很多。舉其較爲重要者而言：（1）是說記納蘭性德的家事，所謂金釵十二，就是性德所奉爲上客的人們。這是因爲性德是詞人，是少年中舉，他家後來也被查抄，和寶玉的情形相彷彿，所以猜想出來的。但是查抄一事，寶玉在生前，而性德則在死後；其他不同之點也很多，所以其實並不很相像。（2）是說記順治與董鄂妃的故事；而又以鄂妃爲秦淮舊妓董小宛。清兵南下時，掠小宛到北京，因此有寵于淸世祖，封爲貴妃；後來小宛夭逝，淸世祖非常哀痛，就出家到五台山做了和尙。紅樓夢中寶玉也做和尙，就是分明影射這一段故事。但是董鄂妃是滿洲人，並非就是董小宛，淸兵下江南的時候，小宛已經二十八歲了；而順治方十四歲，決不會有把小宛做妃的道理。所以這一說也不通的。（3）是說敍康熙朝政治底狀態的；就是以爲石頭記是政治小說，書中本事，在弔明之亡，而揭淸之失。如以「紅」影「朱」字，以「石頭」指「金陵」，以「賈」斥「僞朝」即斥「淸」，以金陵十二釵譏降淸之名士。然此說未免近於穿鑿，况且現在旣知道作者旣是漢軍旗人，似乎不至於代漢人來抱亡國之痛的。（4）是說

自敍；此說出來最早，而信者最少，現在可是多起來了。因爲我們已知道雪芹自己的境遇，很和書中所敍相合。雪芹的祖父，父親，都做過江南織造，其家庭之豪華，實和賈府略同；雪芹幼時又是一個佳公子，有似於寶玉；而其後突然窮困，假定是被抄家或近于這一類事故所致，情理也可通——由此可知紅樓夢一書，說是大部分爲作者自敍，實是最爲可信的一說。

至於說到紅樓夢的價值，可是在中國底小說中實在是不可多得的。其要點在敢於如實描寫，並無諱飾，和從前的小說敍好人完全是好，壞人完全是壞的，大不相同，所以其中所敍的人物，都是眞的人物。總之自有紅樓夢出來以後，傳統的思想和寫法都打破了。——牠那文章的旖旎和纏綿，倒是還在其次的事。但是反對者卻很多，以爲將給青年以不好的影響。這就因爲中國人看小說，不能用賞鑑的態度，去欣賞牠，卻自己鑽入書中，硬去充一個其中的脚色。所以青年看紅樓夢，便以寶玉，黛玉自居；而年老人看去，又多占據了賈政管束寶玉的身分，滿心是利害的打算，別的什麼也看不見了。

才子佳人

紅樓夢而後，續作極多：有後紅樓夢，續紅樓夢，紅樓後夢，紅樓復夢，紅樓補夢，紅樓重夢，紅樓幻夢，紅樓圓夢……大概是補其缺陷，結以團圓。直到道光年中，紅樓夢纔談厭了，但要敍常人之家，則佳人又少，事故不多，於是便用了紅樓夢的筆調，去寫優伶和妓女之事情，場面又爲之一變。這有品花寶鑑，青樓夢可作代表。品花寶鑑是專敍乾隆以來北京底優伶的。其中人物雖與紅樓夢不同，而仍以纏綿爲主；所描寫的伶人與狎客，也和佳人與才子差不多。青樓夢全書都講妓女，但情形並非寫實的，而是作者的理想。他以爲只有妓女是才子的知己，經過若干周折，便即團圓，也仍脫不了明末的佳人才子這一派。到光緒中年，又有海上花列傳出現，雖然也寫妓女，但不像青樓夢那樣的理想，却以爲妓女有好，有壞，較近于寫實了。一到光緒末年，九尾龜之類出，則所寫的妓女都是壞人，狎客也像了無賴，與海上花又不同。這樣，作者對於妓家的寫法凡三變，先是溢美，中是近眞，臨末又溢惡，并且故意誇張，謾駡起來；有幾種還是誣衊，訛詐的器具。人情小說底末流至于如此，實在是很可以詫異的。

（四）俠義派　俠義派底小說，可以用三俠五義做代表。這書的起源，本是茶館中的說書，後來能文的人，把牠寫出來，就通行於社會了。當時底小說，有紅樓夢等專講柔情，西遊記一派，又專講妖怪，人們大概也很覺得厭氣了，而三俠五義則別開生面，很是新奇，所以流行也就特別快，特別盛。當潘祖蔭由北京回吳的時候，以此書示俞曲園，曲園很賞許，但嫌其太背於歷史，乃爲之改正第一；又因書中的北俠，南俠，雙俠，實已四人，三不能包，遂加上艾虎和沈仲元；索性改名爲七俠五義。這一種改本，現在盛行於江浙方面。但三俠五義，也並非一時創作的書，宋包拯立朝剛正，宋史有傳；而民間傳說，則行事多怪異；元朝就傳爲故事，明代又漸演爲小說，就是龍圖公案。後來這書的組織再加密些，又成爲大部的龍圖公案，也就是三俠五義的藍本了。因爲社會上很歡迎，所以又有小五義，續小五義，英雄大八義，英雄十八義，七劍十三俠，七劍十八義，等等都跟着出現。這等小說，大概是敘俠義之士，除盜平叛的事情，而中間每以名臣大官，總領一切。其先又有施公案，同時則有彭公案一類的小說，也盛行一

時。其中所敘的俠客，大半粗豪，很像水滸中底人物，故其事實雖然來自龍圖公案，而源流則仍出於水滸。不過水滸中人物在反抗政府；而這一類書中底人物，則幫助政府，這是作者思想的大不同處，大概也因為社會背景不同了故罷。這些書大抵出於光緒初年，其先曾經有過幾回國內的戰爭，如平長毛，平捻匪，平教匪等，許多市井中人，粗人無賴之流，因為從軍立功，多得頂戴，人民非常羨慕，願聽「為王前驅」的故事，所以茶館中發生的小說，自然也受了影響了。現在七俠五義已出到二十四集，施公案出到十集，彭公案十七集，而大抵千篇一律，語多不通，我們對此，無多批評，只是很覺得作者和看者，都能夠如此之不憚煩，也算是一件奇蹟罷了。

上邊所講的四派小說，到現在還很通行。此外零碎小派的作品也還有，只好都略去了牠們。至於民國以來所發生的新派的小說，還很年幼—正在發達創造之中，沒有很大的著作，所以也姑且不提起牠們了。

我講的「中國小說的歷史的變遷」。在今天此刻就算終結了。在此兩星期中，

匆匆地只講了一個大概，掛一漏萬，固然在所不免，加以我的知識如此之少，講話如此之拙，而天氣又如此之熱，而諸位有許多還始終來聽完我的講，這是我所非常之抱歉而且感謝的。

一九二四，七，二九講完。

目錄

歐洲近世史

歐洲近世史

蔣廷黼先生講　志伯筆記

第一講　導言

(一)本講程之範圍

歷史家常分西史為三段—古世史，中世史，近世史是也。古世史起自埃及，約六千年以前；中世史起自野蠻民族之併吞西羅馬帝國，約千五百年以前；近世史起自土耳其之奪取君士但丁及新大陸之發現，約五百年以前。但這種分段不過求其便宜而已！歷史原來是繼演的，不是分段的。西史之分為三時代，雖已成為史學之習慣，然時代之的確界線，還在討論之中，並未得全體史家之同意。吾人研究歷史，斷不可因為教科書分歷史為若干段，就想文化之發展亦是分段的，此段與彼段無關係。

此次我所講之歐洲近世史，不過歐洲最近百五十年之歷史而已！我覺得百五十年前之英吉利的實業改革，及法蘭西的革命，實為現在歐人政治及社會之起源。換言之，現在歐人之政治及社會，實與十八世紀以前之歐洲有大差別，而這種

差別之起源已在百五十年前之英人的經濟改革及法人政治改革。故本講程之範圍限於歐洲最近百五十年之歷史。

甲，最近百五十年之歷史的重要。這叚歷史雖包括年數不多，——不過六千年的西史中之百五十年，——然其重要實遠過於他叚。所謂西洋文化，其起源固早，其具體的成績，實產生於近百五十年。歐人之科學，歐人之物質文化，及歐人之民治政體，——此即西洋文化之精粹，——皆發達於最近百五十年。

就歐洲本身而言，這叚歷史，既如是之重要；就中國與歐洲之關係而言，這叚歷史尤屬重要。無論吾人對西洋文化之觀念若何，吾人不能不承認現在中國文化之發展，大受西洋文化之影響。吾人之新教育幾乎全來自西洋；吾人之新經濟生活，——新實業，新交通器具等，——皆假借於西洋；吾人之新政治生活，——清末之革命運動，現行之憲法，——亦皆出自西洋。處此西化東漸的時代，教育界的領袖，不能不研究西洋文化之背景，起源發展，及成績，——即西洋史。

不但文化上現在中國與歐洲有若是密切之關係；即吾國的內政及外交，亦與

歐洲日日發生關係。海禁未開以前，吾人或可視歐洲若無存；現在吾人之一舉一動，皆不能免牽連歐洲。外交固不待言；內政若財政—金佛郎案，海關，德發債票，新銀行團，紙煙稅—；交通—隴海鐵路，粵漢鐵路，無線電，郵局—；教育—庚子賠款—；司法—領事裁判權—；農商—商標法：此皆此刻中國之內政而無一不受外人牽制者。外人與我既有此種密切關係，吾人若想盡國民責任，不能不懂外人之歷史。因這許多原故，我特利用暑期學校的機會，講講歐洲近世史。

乙，最近百五十年之歷史的繁雜。最近百五十年來，歐洲文化在各方面均有重要發展。科學，文學，哲學，美術，宗教，家庭，皆有重要變更，皆有研究價值。這一部複雜的歷史斷非短期講演所能包括，亦非本人平時研究所能全及。故本講程不但限於最近百五十年，更限於政治及社會二方面。政治方面，又限於民權運動，統一運動，及列強之國際競爭。社會方面，又限於勞工界與資本界之戰爭。民權運動，即民治主義之發展，即專制之改爲共治，貴族操政，改爲平民操政。統一運動即民族國家主義之發展。何謂民族國家？現在世界單純民族極少，

或者全無，但在歐洲，各國人民皆有民族國家觀念。此種觀念之元素不一：同種族，同言語，同文化，同利害，皆能發生民族國家觀念。此種觀念之結果，卽統一國家。如意大利：拿破侖戰爭後，意大利分爲十小國；後來意人發生民族國家觀念—那就是說，意大利半島的人，覺得他們是同種族的，同言語的，同文化的，同利害的—他們提倡統一；結果意大利半島合爲一國。此不過舉一例而已。列強國際競爭，卽帝國主義之發展。帝國主義不過民族國家主義之變態。一國統一以後，往往自然而然的發生併吞他國之野心。故帝國主義，名之爲大國家主義亦可。社會上的勞工界與資本界之戰爭，卽無產業的，賴工作生活的，與有產業的，不賴工作，賴資本生利的二階級的戰爭。此種戰爭爲現在歐洲最大之問題。亦是歐洲近世史中最有研究價值的一個問題。

(二)歐洲最近百五十年之歷史的重要動機。

甲，法蘭西革命。吾人既欲研究最近百五十年歐人之政治運動及社會運動，吾人必須首先研究此二運動之動機。故我以爲法蘭西革命，係歐洲十九世紀政治運

動之動機。試述其故。

法蘭西革命以前，法國政體是專制的。立法，行政及司法權，皆在國王之手。國王視國家如私產。國王的私自費用，與國家的財政並無分別。國王可任意監禁人民。民權觀念尚未發生；人民自由，全無法律的保護。

不但政體是專制，社會亦不平等。當時宗教師及貴族為政治上，社會上之特殊階級。此時法國人口有二千六百萬，其中十三萬為宗教師，十萬為貴族，餘二千五百多萬為平民。宗教師有全國土地五分之一；貴族又五分之一；平民有其餘之五分之三；可見財產分配之不平等。宗教師及貴族雖為最富之階級；然對國家幾乎全無担任：政府收入皆出自平民。不但此也：宗教師及貴族還能收特別稅：宗教師以教堂之名義收什一稅；貴族可抽酒稅，秋穫稅，貴族能在農民田莊打獵。總而言之，貴族，宗教師有權利，無担任；平民有担任，無權利。

法蘭西革命以前，不但人民不自由，不平等，國家亦不統一。各區域有各區域之法律，各區域之稅賦不一致，各區域之相互貿易有卡稅。政治上經濟上均不

統一。

政府之腐敗，社會之腐敗，思想界之批評，平民之積怒，遂釀成一七八九年之法蘭西革命。經過許多國內及國際的戰爭，結果法人達到自由，平等，統一，三大目的。政體由專制改爲立憲。宗教師及貴族之特殊權利，一概掃除。舊有之三十餘省新設爲八十餘區，各區之政治經濟完全劃一。後來因法國與歐洲其他列強戰爭，拿破侖以一軍人擅專政權。拿氏利用法人之愛國心以達併吞全歐之目的，而法人之統一之愛國心，遂變爲帝國主義。

二

同時歐洲大陸各國之政治及社會，實與法國革命前之政治及社會相彷彿。比較說，他國之腐敗有過於法國者。是故法人之革命，引起他國人民之革命心。拿破侖征服意大利，德意志，西班牙，比利時，荷蘭，諸國後，常試行法國革命的種種政治的及社會的改良。諸國人民一嘗自由平等，及統一之滋味，永不想再失之。故法蘭西革命遂變爲全歐人民之革命；而法蘭西革命史，遂爲歐洲十九世紀政治運動之動機矣。

乙，英吉利之經濟改革。法蘭西革命，與歐洲十九世紀政治生活之關係，正如英吉利之經濟改革，與歐洲十九世紀社會生活。是故吾人必須懂得英人經濟改革之元素及影響。

從千七百五十年起，英人繼續發明幾種紡紗機及織布機；後又發明水汽機。英國紡織業因之大改革。在十九世紀歐美各國一一摹仿英國；各國亦皆有發明，如輪船，鐵路，電報，電話等：現時歐洲之物質文化即其結果。

此種改革的元素可分爲二：一，機械力代人力；二，資本家營業代獨立工人營業。試分析此二種元素。例如人力車與汽車之根本差別有二。人力車之運重力全出於人之身軀，而汽車之運重力全恃油機，管汽車者不過指揮而已。人力車值百元一輛；汽車至少値千元：人力車及汽車同爲工作器具；但一則爲工人所能買，一則爲工人所不能買。如鐵工亦然：舊鐵匠所須器具值價不多，故舊鐵匠所用之器具均爲自有。新鐵工在鐵鋼廠所用之機器—即其器具—値價十萬百萬，斷非普通人民所能購置。結果：舊鐵匠是獨立的，是自由營業的；新鐵工是必須依賴

資本家的。

經濟改革的元素雖係簡單，然其影響社會，實非簡單，亦非此刻我所能纖述。其最重要者，即社會因之分爲階級：勞工階級，及資本階級。勞工恃工資生活；工資由資本家發給；工資爲資本家費用之一。資本家之取利，半視工資之輕重。故資本家與勞工即發生戰爭。

新經濟既不須大量的人力，故女工及幼年工均能入工廠與成年男工相競爭。女工及幼年工之工資常較低於成男年工，故資本家亦樂雇女工及幼年工。

新經濟之單位，即工廠。同類實業的工廠常聚於一處，故新經濟發達，則鄉民多變爲城民。在十九世紀之初，歐洲城市過十萬人者只有十四；在十九世紀之末，則有百四十。十七世紀之倫敦不過有五十萬人口；現在的倫敦有七百萬之多。

工廠即資本之具體表現。工廠之獲利全恃製造之速率若何。市價好時，各工廠盡力增加速率，以致製造品積多。工廠速率可提高，但社會之消路有限。供給

過於需要，則市價必減少，資本家於是乎不能不減少製造速率：有減少工人的，有減少工作時間的，有全停止製造的。此時一部份之工人必失業。故實業循環，乃新經濟之結果。全社會因之受損失，工人尤甚，蓋工人全賴工資生活；失業則生活無從維持。

但新經濟發達後，社會生財問題可算解決。歐美各國現時之富，全因新經濟。例如：千七百四十年英國全國鐵鑛共出萬七千噸；千九百十年，出一千萬噸。千七百六十年，英國紡織業共出二百萬元之貨物；千九百十年，則出拾二萬萬元之貨物。從千八百三十年至千八百八十年，歐美商業增加八百倍。此皆英國經濟改革之影響。可見英國經濟改革實爲歐洲十九世紀社會運動之動機。

現在吾人知歐洲最近百五十年之政治及社會生活之動機，吾人可繼續研究這百五十年之政治及社會生活之發展。

第五講　有產階級與無產階級的思想衝突

吾人可說從一七八九年法蘭西革命時代，至一八七〇年之普法戰爭，歐洲政治及社會之發展，有三大成績。除俄國以外，歐洲各國均已成爲立憲國，均用代表制。法蘭西，德意志，意大利，比利時，塞耳皮，希臘，布加利亞，羅馬尼亞，皆於千八百七十年以前成爲統一的民族國家；歐人未達到民族國家目的者，惟波蘭及奧國之斯拉夫民族而已。歐洲社會均已成爲資本制社會。運動此三大成績時，有產階級固爲領袖，然無產階級亦未常無貢獻。但此三大成績有益於有產階級者多，有益於無產階級者少。就立憲的代表制而言：因選舉權在各國常有產業限制，無產業者多不能參預政治；卽憲法上無產業限制，貧民無餘時餘力加入政治運動；代表制之選舉多恃輿論，輿論爲報界之產物，而各國新聞機關全爲有產階級所有。立憲的代表制運動常以提倡民治爲名。所謂「民」者，實不過有產階級而已。統一運動亦然。歐洲各國之統一，皆經過數次戰爭，皆依鐵血。所流的血多半是無產階級的血。統一以後，政府在國內國際之權力均提高。然而此種權力

，政府常用之以謀有產階級之幸福。資本制之得成功，亦賴勞工之協助。資本制成後，社會財產加增不知多少倍；然而勞工所得者，不過一小部份而已。總而言之，有產階級之文化多不利於無產階級。千八百七十年以前是有產階級文化發展時代。當時間有反對者，批評者，但無產階級之運動有勢力，有効果，多在千八百七十年以後。此二階級之衝突不限於一方面，為便宜計，吾人可首先研究他們思想的衝突。

（一）有產階級的經濟及政治思想。

有產階級常以為歐美各國之財富，皆來自新經濟；這種新經濟又是有產階級的特別貢獻。新經濟是很複雜的。新經濟的資本全恃有產階級的節用。節用必須犧牲種種費用，種種娛樂。是故資本的儲蓄，全是有產階級的功勞。營業必須冒險。資本家既冒險就應得相當的報酬。新經濟的營業規模極大，其中必有甚完全的組織。這種組織的能力，為有產階級所獨有。中國有句話，「民為邦本」歐美有產階級就覺得有產階級為一邦之本。政府宜固其本；那就是說，政府宜幫助有產

階級。

在經濟上的人只有一個目的│利。人人均有自利之心；人人均能謀自己的利益。政府干涉經濟生活徒減少人民的効率。是故政府只應維持地方治安。經濟應完全自由。工資的多少，工作時間的長短，廠內的布置：此皆有自然例則在其中；政府不應干涉；政府亦不能干涉。

這種思想之利於有產階級，而不利於無產階級，固不待言。吾人現在可不批評，可繼續研究無產階級的思想。

(二)無產階級的經濟及政治思想。

新經濟發展後，歐美財富不知加增多少倍，然而平民生活未見提高。因這個原故，在十九世紀之上半就有人提倡改造社會，如英國之歐文，法國之福利耳及聖西目。此三人的思想各有特別，此刻不能研究。吾人所應注意的，有二點。一，他們皆提倡工人應脫離舊社會，格外組織新社會。在此新社會中，無資本界，勞工界之分別；人人皆作工，人人皆有一部份資本。那麽，工作時間可以減少，

生活程度可以提高。新社會又能創造新教育，新道德。人類可因之入新快樂境。二，新社會初造時必須資本。工人斷不能供給如許資本，所以社會改造，還須靠資本家之襄助。假若資本家能懂新社會之完善，其中必有較慈善者出來犧牲他們的資本，爲人類造幸福。社會改造的問題，就變爲資本家之個人思想及道德問題。此種計劃之不能實行，不言而知。無故人常稱此三人爲烏托邦派；言其過於理想而不近事實也。

後進提倡社會改造者，因先進之失敗，就從事實下手。方法必須用科學的方法，此派中以馬克思爲最著。馬氏生於德國西部，千八十八年。他父是猶太人，職律法師，好學。馬氏入大學時，他父要他學法律，但馬氏之興趣在哲學及史學。在哲學方面，他受了黑格耳的影響，所以他的思想法與黑氏之正反合思想法相彷彿。這種思想法可說是進化的，但非完全科學的。又黑氏是唯心派，馬氏是唯物派。馬氏在大學畢業後，原欲迫母校教哲學，但因其思想過於激烈，自恐不能久處教育界，故改入新聞界。千八百四十三年德人運動革命時，馬氏極端的批評

普魯斯政府。後竟被逐，馬氏遂投巴黎。在巴黎時，他常研究烏托邦派的學說。過二年，法國政府又強迫其出法境。馬氏往比利時。千八百四十八年，德人革命時，他迫德，創辦新報。革命失敗後，他逃往英國。從千八百十九年至他死時，（一八八三年）他在英京著書。在這個時代，他的資本論出現。馬氏之資本論一書已成為社會主義的經書，馬氏，就為科學的社會主義的元祖。

馬氏之學說極複雜。他的工源價値說及剩餘價値說為經濟學上極難研究的問題。他的唯物史觀是史學上極重要的，也是極難解決的問題。此刻吾人所能討論者不過數點而已。

一，馬氏以為歐美的社會問題，並非資本家個人的思想及道德的問題，乃是私資本制的問題。何為資本？資本即製造的原料和製造的器具—工廠，機械，等等。資本是資本家私有的。工人無原料，無器具，自然不能做工。所以工人非仰給於資本家不可，非依賴資本家不可。依賴地位與奴隸地位無甚分別。資本家自然從中奪取所有利益。社會改造必須打破私資本制，就是改私產的礦，土地，工廠

，機械，鐵路等爲社會共產。

二，私資本制之成立，由於社會之自然發展。私資本制之破壞，亦由於社會之自然發展。處現在競爭社會之中，小資本家不抵大資本家。將來社會所有資本必集於少數人之手。那時社會之大部份均爲無產階級。以大多數之無產階級來抵極少數之有產階級，革命自屬易事。所以公資本制之必替代私資本制正如壯年之必替代幼年：二者皆係自然，非人力所能免除。馬氏學說之爲科學的社會主義，即在此也。

三，勞工不分國界。諸國勞工所受困苦皆大同小異。有一國的勞工受壓迫，世界勞工均受影響。例如：英國工人每次要求加增工資時，英國資本家即謂他國資本家的競爭極利害；因他國工資較低於英國，所以他當然不能允許工人之要求。勞工之解放，必須先有世界團體。現在國際戰爭，徒流工人的血，破壞工人的世界團體；所得利益，成爲資本家所專得。是故工人應反對國際戰爭，反對軍備，甚至於反對愛國心。工人只有一個有價値的戰爭，就是階級戰爭。

馬克思學說，激烈，不言而知。後來社會主義家，就有不完全贊同者，於是又發生一新派，名爲改正派，意在修改馬氏之學說也。改正派的重要修改有二。一，歐洲新經濟之發展，實際上大資本家並未併吞小資本家。仔細研究起來，營業之規模似乎有最大限度；不一定規模愈大，營業得利愈多。在股份公司制度之中，小資本家與大資本家一樣生存，馬氏所預算之大革命未見發生。既然如此，社會主義家應圖社會之逐漸改良。社會之改造是進化的，不是革命的。二，各國文化程度實際上是不同等。假若文化高的國家不留心國防，必至於爲文力低的國家所滅；那麼，人類皆受損失。故愛國心不能不有，國防不能不備，國家觀念一時不能去，亦不應去，此即改正派對於馬氏學說之二大修改也。

但馬克思派與改正派均贊成資本收歸社會公有。二派亦贊成工人參預政治。在法國另有一派，贊成資本歸公，確不贊成工人參預政治。此派名新底克派。此派學說之發展，與法國勞工運動之發展有密切關係。他日講法國勞工運動時，吾人可仔細研究新底克主義；此刻只能說其大概而已。

新底克主義不但反對私資本制，並且反對歐美現在的代表制的政府。此派以爲代表制即有產階級的利器。勞工階級應推翻有產階級的經濟及政府。推翻後，新社會之公共機關，即工人所組織之工團。此種學說，很有研究價值，他日當再與諸君討論。

現在吾人可見有產階級與無產階級思想衝突之激烈。下次就能繼續研究此二階級事實上之衝突。

第六講　英國的勞工運動

(一)政府及社會之壓迫

自一千八百年，至千八百二十四年間，英國勞工極受政府方面及社會方面之壓迫。經幾許的奮鬭，方取得自由。今將經過情形分述如次。

禁止勞工組織——當法國革命初起時，英國對於他們的行為很表同情，所以當時英國勞工所有組織，社會及政府都無不贊許之表示。以後法國革命派執政，其一切行爲未免過於激烈，遂大爲英人的憎惡，因而對於平民運動取禁止之態度．

勞工組織遂爲政府所深忌。資本家見此時機，頗可利用，遂慫議院通過取締勞工組織之各種法律勞工團，於是乎全遭解散。從此勞工遂缺乏抵抗能力。

當此時勞工不只受政府之壓迫，而且受失業之壓迫。其原因頗多，概言之，則自機械替代人工以來，工廠所需人工不及從前之多，故工人失業。拿破崙獨霸歐洲大陸時，禁止各國與英人貿易。因之英國實業以無外界競爭之故，驟形發達，戰爭既了，外貨流入英國市場，供過於求，遂至經濟恐慌。不但此也；戰爭後，數萬兵士亦羣入勞工界與之爭工；幼年工及女工以低廉之工資亦與勞工爭工作之位置。是故貨物增加之後，復有工人之增加，實業恐慌，一時極爲劇烈。而工人所受之壓迫亦極甚。

工人處此窘境，不得不謀抵抗之方法。有人以爲自機械發明而後，始有此等壓迫，於是認定機械爲工人之唯一仇敵，乃集合多數工人，到處毀壞之以爲得計。有人以爲機械本身絕無罪過，工人所以吃苦之故，全在政府之措置失當；若國會改良，則工人亦可脫於壓迫。於是羣起而爲改良國會之運動，在滿撻底聚衆開

國會議論所當取之步驟；政府大恐，以兵士圍殺之，捉其首領置之獄中。此次勞工運動，遂完全失敗。

(二)勞工之組織

以上述勞工所受壓迫情形既畢，現在述其組織。自千八百二十四年之頃，即有人提議工人組織工團，當完全與以自由，不當加以限制者。更有人謂勞工若有組織，則與資本家交涉各項事體，當更便利。國會中亦有人贊成此說，辦幾次之疏通運動，始有千八百二十四年之法律通過國會，給勞工以組織之自由；惟不得同盟罷工，此勞工之第二次運動，雖非完全成功，尚不至於完全失敗者也！

勞工組織既爲法律所許，於是一時風起雲湧，勞工組織幾遍全國；然其組織之方法亦不同，可大別之爲二種。一以實業爲單位者，如織工有織工聯合會；鐵工有鐵工聯合，建築工有建築工聯合會是也！一以地域爲單位者，如倫敦有倫敦勞工聯合會，滿捷氐有滿捷氐勞工聯合會是也。以後各聯合會鑑於小規模之組織，不足與資本家抵抗，故聯合各區域之聯合會而爲一大聯合會；聯合各實業的小

聯合會爲一大實業聯合會，以增加其勢力。至千八百六十九年，全國各聯合會公舉代表組織一全國勞工年會，以討論全國勞工應取之大政方針。自此以後，全國勞工始有一統一之組織，取同一之行動，此爲英國勞工界組織方法之大概，在於組織宗旨可分爲三項：一爲工人個人間之互助，如疾病相扶持等事；一爲廠內之戰爭，即勞工與廠主有衝突時，全體工人一致與之爲難，一爲政治上之戰爭，即全體工人以一致之行動，向政府爭得政治上之權利力也。其結果則自千八百七十一年至千八百七十六年間，政府通過許於法律中給勞工組織以完全自由。凡個人爲之而不犯法之行爲，團體爲之亦不爲犯法。勞工之勢力，日漸膨脹，資本家乃不得不謀抵抗之方，彼等亦聯合爲一團體，同時對於時間及工資加以限制，並且不雇用工團團員，其手段亦不爲不毒也。

(三)勞工組織後之成績

勞工自有組織以後，對國會時有改良之運動。其成績極優，今取其運動時期中政府所通過之法律，以爲之證明。

（甲）廠內的生活

一八三三年之工廠法：幼年工（十歲以下）每日工作不得過九小時。十歲至十六歲之工人每日工作不得過十二小時。

一八二四年之礦工法：女工及幼年工不準入礦。

一八四四年之工廠：幼年工（十歲以下）每日工作不得過六小時。

一八四七年之紗廠法：每日工人工作不得過十小時。（此法至一八六〇年以後施行於各工廠）

一八七二年之礦法：女工及十二歲以下之幼年工不準入礦。

一八七四年之紗廠法：十歲以下之幼年工不準入紗廠。

（乙）社會生活

一九〇九年，政府通過廠外工人法。所謂廠外工人者，乃失業之工人，不受勞工法之限制者也！政府既以法律保護工人，資本家不敢在工廠內顯然違背，乃與廠外工人訂立契約，其工作時間，每多於廠內工人，而工資或較

少。廠外工人法即爲禁止此等流弊而設。此後廠外工人之工資，必由勞工代表及資本家代表協定，並由政府限定一最低限度。

一九一二年礦工大罷工，政府因之通過礦工工資最低限度法。

一九〇六年國會鑒於國中工人每月受傷者，平均約七千，喪命者，四百之譜。乃通過法律，凡工作時工人受傷，雇主必於調養期，每星期發津貼十元。若於工作時，工人喪命，則雇主當發安家費千五百元至三千元。

一九〇八年老年卹金法通過國會，凡工人年逾七十而每年自己進款不足二百十元者，每星期得取卹金三元半，自此法通行後受卹之工人有百萬之多，此實證明工人不能恃工資以維持其生活也！（從前曾有貧民院之組織惟能爲慈善性質，人皆以受卹爲恥）

一九〇九年，政府設立勞工交換所，以爲失業者之扶助。凡失業之工人，可往勞工交換所報名，復由該所介紹於各工廠。

一九一一年，政府以爲勞工交換所尙不足以補救失業之工人，故有失業保險

之設備，工人於有工作時，每星期納保險費洋一毛，雇主及政府共出洋一毛。則於其失業時，每星期可得三元至三元半之補助，同時又有疾病保險之設備。工人每星期納保險費洋一毛，雇主出一毛半，政府出一毛，則工人得病時醫藥費可以免收，而家中每星期可得三元之安家費。

(丙)政治上之位置

一八六二年，英國政治改良時，立定法律國民每日納房租百元者，始有選舉權。及一八六七年，凡城市工人皆有選舉權矣！一八八四年，鄉村工人亦可享受此項權利。至一八八五年，工人始有入國會者。一八九九年，國會工人代表組織勞工政黨，自此每次國會改選勞工代表逐漸增多。至一九二四年，工黨人數，居然在國會中比較其他政黨為多。於是有工黨內閣出現。故知勞工自組織完畢以還，在政治上亦佔極重要之地位也！至於英國工黨之黨綱，頗為繁複，其最重要者，有二項：一，認定提高人民生活為政府之第一責任。人民之衣食住三者，當從質的方面，及量的方面極力提高

。一，公共事業「如教育，公共衞生等事」之費用當由富人擔任，不應責之於貧人。

觀上所述，吾等知英國勞工在十九世紀之初，實受各方之壓迫，奮鬭百年之久，在社會生活上始有相當之位置。至於今日，則政權全歸其掌握。彼輩更想利用政權，提高人民生活，其成功可謂圓滿，其理想可謂高明矣。於此百餘年之改變中，吾等絕不見其有激烈之舉動，各種權利皆以憲法手段取得之，而不以革命手段取得之，此則英人之特性也！

第七講　法國的勞工運動

一，革命的背景：自一七八九年，至一八七〇年，法國曾經四次革命。在這四次革命的時候，勞工親見中產階級，用革命手段，自貴族手裏取得政權，於是勞工們以為用同等的手段，未始不可以得政權。所以在每次革命裏，都有勞工流血。然而這流血的結果，他們並無所得，不但無所得，而且損失甚大，如同一八四八年的革命，有四千工人被充軍到殖民地去；在巴黎也不知殺了多少人。又如在

一八七一年的那回革命後，有一萬五千勞工被殺．他們於是乎覺得中產階級與勞工是絕對不相容的非用激烈的革命手段把他們推翻，則勞工永無出頭之日，況且革命流血是他們所經慣的．所以法國勞工運動有革命的氣味。

二，農民之反對社會主義：法國大革命以前，土地分配極不平均，法為農業國，土地不平均，故生活不平均，此為革命的一大原因。革命而後，土地分配甚稱公允，大多數的農民都存了安居樂業之心，不想再有革命，他們怕的是社會主義一盛行，土地又歸國有，於他們大大的不利。法國本來出產煤鐵不多，實業的發達不如英國遠甚，勞工人數因而甚少，在國會中極不佔勢力。所以他們相信若用憲法手段，自政治上著手，以為改良經濟，是斷斷辦不到的事。如要改革非在政治以外努力不成功。

三，第三民主國的勞工補助法：自一八七〇年以後，政黨除農民勞工以外，又加入了君主黨和天主教黨。這兩黨都有復辟的意向，恢復從前貴族和僧侶的勢力。中產階級於是非常的慌恐，想求勞工階級的幫助，因而極力的聯絡勞工黨。以

下所舉的幾個保護勞工法律，是中產階級聯絡勞工階級的工具•

一八九二年，—十三歲以下的兒童不許入工廠，每日工作不得過十小時，每星期必需休息一日。一八九三年，—工廠當注重衛生，免工人的醫藥費。一九〇五年，鑛工每日工作不得過九小時，後又改爲八小時。一八九八年，—雇主必須賠償工人之受傷者，一九一一年，—凡六十五歲以上之工人，其進款不足以維持的，可以領卹金。

四，勞工運動的發展：法國的勞工組織，與英國相差不遠；或因實業作單位，或用地域作單位。不過宗旨便有些不相關了•英國工資較高，所以會費亦較大，於是他們可以作互助的事業，法國工資較低，故不能作互助的事業，只有作戰爭的事業了。因爲法國勞工在政治上甚不佔勢力如前所述，所以他們對於經濟上的戰爭，更是特別的注意。

他們的戰爭方法可分爲三種：

第一便是罷工。他們用罷工要求增加工資和減少工作時間。法國勞工界對於罷

工之見解頗奇異，他們以爲罷工總是對的總是好的。罷工而成功自然可以達到要求的目的，就罷工失敗了，也未常無益。因爲罷工失敗，勞工不免受苦，多受一番痛苦，對於階級觀念，遂更覺深切一些，對於中產階級革命的感情，更加激烈一些。久而久之，必有全國聯合大罷工之日。全國罷工，則全國生活停頓，到那政府就不得不低聲下氣的降使於勞工勢力以下。這便是他們以經濟手段作政治改革的理論。他們以爲政權當完全在勞工手內才合正理，地方勞工聯合會便是地方政府，全國勞工聯合會便是中央政府。

第二個方法便是怠工；他們是在工廠照常工作，不過故意的慢慢的作，或者是故意把事作錯了；或者故意把機械損壞等：

第三個方法便是抵制貨物：若是某一個資本家對待工人不好，大家便聯合起來不買他的貨物，使他斷絕消路，以致折本。

總以上所述，我等知法國實業發達不如英國，所以他的勞工勢力不如英國的大。然而英國以自由學說壓迫工人至百年之久，而法國因爲自由學說不發達之故

，並未受資本家殘酷之壓迫，然而不受壓迫的好處，敵不住實業不發達的壞處。因爲這個原故，所以法國的勞工運動成績雖然尚有可觀，究竟比英國差的很多呀！

法國勞工運動，其發生原因與英相同，然其運動方法則否。英國勞工運動係由漸而致，無革命之行動；法國不然，其在百年之間，已現三次革命。當一八四八年革命時，法國政府勢力正大，故政府設有種種方法，使工黨不克成功。本年五月正式政府成立後，完全取消各工廠，迸諸工人於安南緬甸等地。至一八七〇年普法戰爭，巴黎被圍，城市一般工人都改爲兵士，仰給糧餉生活，政府於此時發布命令，謂：凡工人在被圍時所居住室，免出稅租，迄於現在，政府不但解散軍隊，而且復徵稅租，據此可知法國工人對於政府感情如何。

再英爲實業國，工人即佔人數之大半，所以勞工界即國民之中堅，故易達其目的，法則爲農業國，勞工人數自不及農民之多，所以人民與工人是反對的，至一八九二年，法政府通過勞工補助案，『十三歲以下不須入工廠，工作不許過十

小時，每星期必須休息一日。』此即政府補助工人之方法。迨一八九三年，政府復有工廠衞生之提議，對於工廠之設備，工作之時間等，均加整頓。一九〇五年，政府對於礦工工作時間，更加減少，即「礦工工作不許過九小時。」後又改爲八小時。一八九八年政府定有優卹受傷工人辦法，如工人在廠受傷，資本家須按其情節輕重出賠償費。至一九一一年，政府更有「老年卹金」之發表，如工人年老不能工作者，資本家得予以養卹金。

法國勞工發展，是以實業爲標準的，其工人工資所得不如英國之多，所以法之工人甚苦，因苦生怨，結果發生罷工思潮。惜全國工團渙散，未能一致罷工，此伏彼起，鮮克成功，而在罷工時期，資本家罔受影響，在工人更加困苦，愈思所以反對資本家，革命風潮遂藉此萌動；是以法工運動之方法及發展之能力與英不同之點即在於斯。

德國的勞工運動

歐洲各國勞工運動，其方法雖各不同，而考其原因大概均由於政府或資本家

壓迫太甚，引起勞工之反動所致，實大同而小異也。德國勞工的運動，普通情形與各國同，惟具最要之特點有二：

1，對於國王之信仰力　蓋德國爲完全專制國家，人民毫無自由之可言，無論何事，政府必加干涉，而一般勞工對政府之信仰較高，尙能屈服多年，不致遽然發難抵抗。英爲自由國家，政府對於工人完全放任，所以勞工問題發生較早。英國經濟革命在一七五〇年，然勞工問題解决則在一八三〇年，較德爲遲。德國勞工問題發生最遲，在一八九〇年始有勞工主義之提倡，而解决勞工問題，則在一八八〇年，較英爲早。本年比斯馬克提倡勞工改良，自此工人生活較前提高。

2，宗教與勞工之關係　各宗教士以爲耶穌所行的道，即爲社會主義，並以爲一般富教徒，非眞正教徒。德國自歐戰失敗後，英國使德人不得自由，即有一般社會主義家以爲德國失敗，弊在政體，於是提倡革命，組織政治議院經濟議院，施行民主政策。各宗教士既以改良社會爲宗旨，而勞工界即可藉

以發展，所以德國勞工進步，宗教家實與之有密切之關係焉。

總之，各國勞工的運動所得結論有三：

1，勞工問題發生是自由的。無論何國，實業愈發達者，勞工問題愈大。

2，對於勞工問題，社會不得不注意的。因爲勞工罷工，與社會極有關係。如鐵路工人罷工，則交通因之斷絕，社會直接受其影響。故每次勞工界與資本家競爭，致全社會受其牽掣，所以我們非勞工非資本家的人，對其兩方爭鬭，須極力主張公道，前事預爲之調解，方不至個人社會俱受其害。

3，解決勞工主義問題，當視社會之情形。各國社會情形不同，其所發生之勞工問題亦自各異，而解決之方法自當視其社會情形如何。不能預爲處理也。然其大要有可言者，第一改良廠內工人生活，第二則改良廠外生活。二者之外，並當解決社會主義問題。此則可爲斷言者也。

第二，三，四講演，因筆記不很完全，蔣先生囑不發表故缺。

編輯者附識

中華民國十四年三月二十九日出版

（暑期學校講演第二集一冊）

（每冊定價大洋三角不折不扣）

（外埠酌加郵費）

講演者　陳鍾凡　魯迅　蔣廷黼

編輯者　晁蔭昌

發行者　國立西北大學出版部

印刷者　精益印書館

- 纪念鲁迅西北大学讲学100周年
- 西北大学"双一流"建设项目资助

Sponsored by First-class Universities and Academic Programs of Northwest University

图书在版编目(CIP)数据

国立西北大学、陕西教育厅合办暑期学校讲演集 / 鲁迅等著. — 西安 : 西北大学出版社, 2024. 8.

ISBN 978-7-5604-5458-0

Ⅰ. I266

中国国家版本馆CIP数据核字第2024UA8603号

国立西北大学、陕西教育厅合办暑期学校讲演集

著　者　鲁迅　等

责任编辑　张立　赵涵

出版发行　西北大学出版社

(西北大学校内　邮编:710069　电话:029-88302621　88303593)

http://nwupress.nwu.edu.cn　E-mail:xdpress@nwu.edu.cn

经　销　全国新华书店

印　刷　陕西龙山海天艺术印务有限公司

开　本　787毫米×1092毫米　1/16

印　张　22.25

版　次　2024年8月第1版

印　次　2024年8月第1次印刷

字　数　225千字

书　号　ISBN 978-7-5604-5458-0

定　价　368.00元